奥 拉

[墨西哥] 卡洛斯·富恩特斯 ——— 著
[智利] 亚历杭德拉·阿科斯塔 ——— 绘
张蕊 ——— 译

上海译文出版社

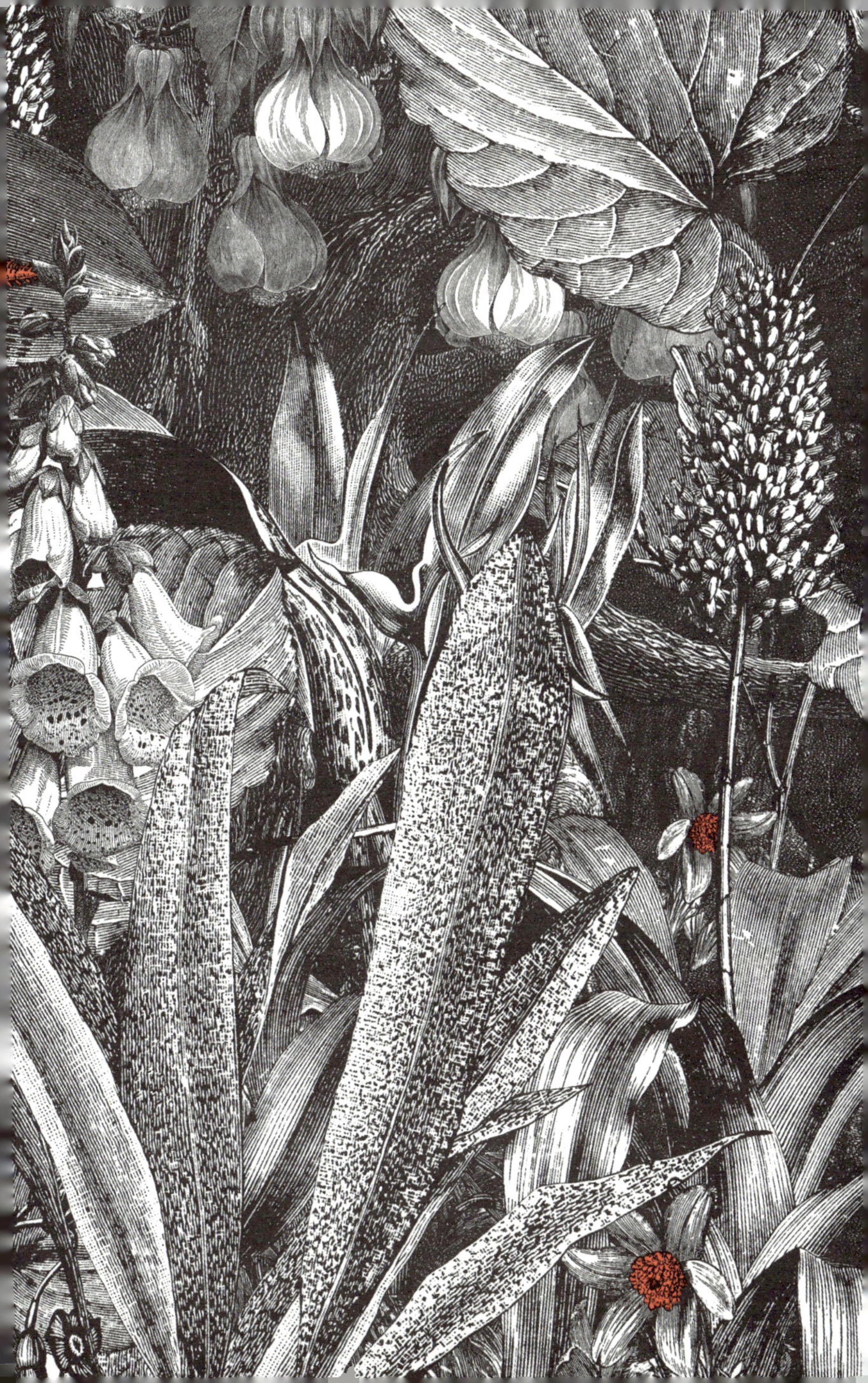

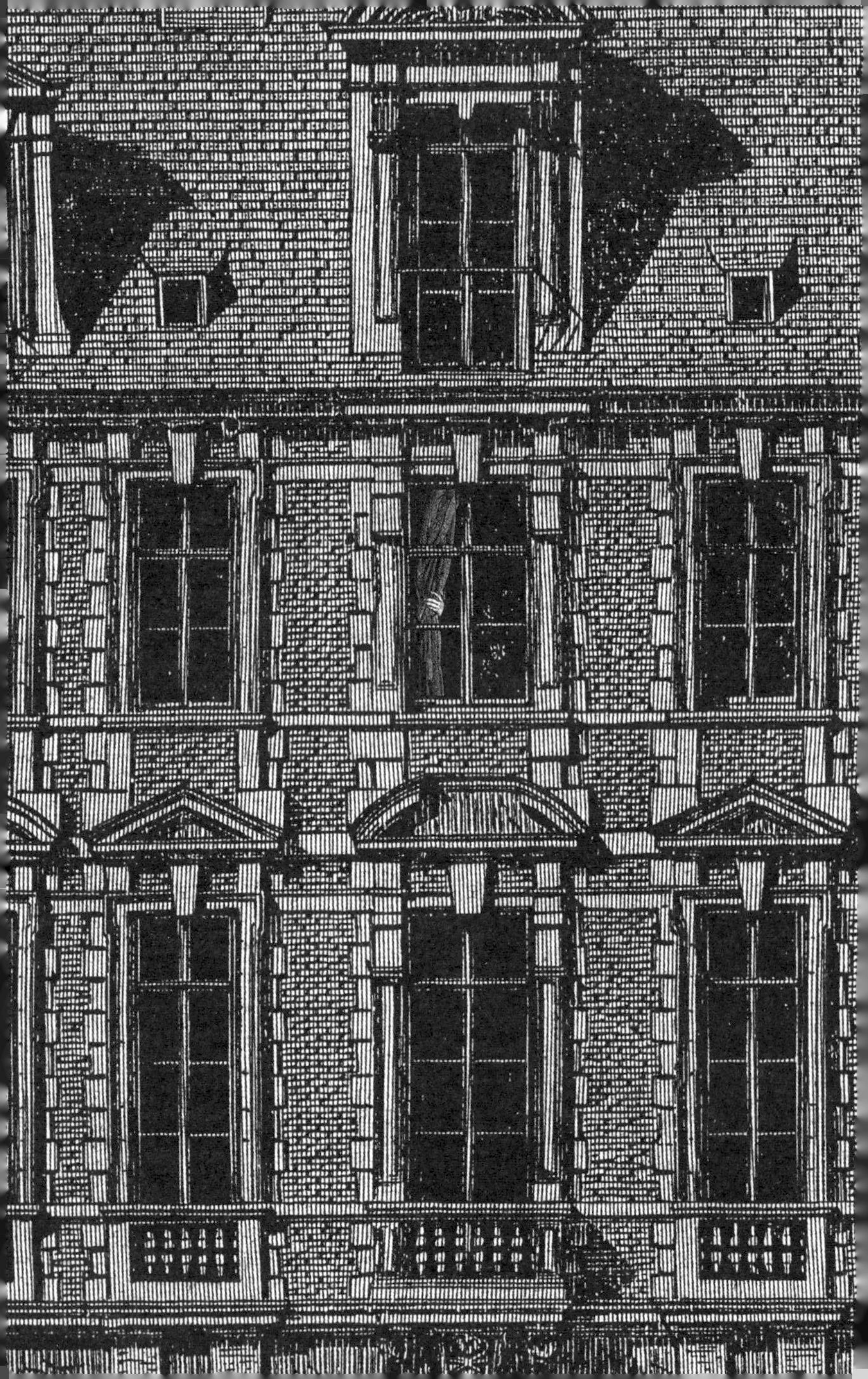

献给马诺洛和特雷·巴尔巴查诺

男人狩猎战斗。女人谋划织梦;她是奇幻之母,众神之母。她拥有第二种视界,双翅允她飞向无限之欲望和想象……众神如男人:出生和死去,皆在一个女人的怀中……

——儒勒·米什莱[1]

1 儒勒·米什莱（1798—1874），法国著名历史学家和作家，代表作有多卷本的《法国史》。他认为人类历史具有循环性，社会兴衰具有反复性。

一

你读着那则广告：如此待遇不是天天都有。你读了一遍又一遍。感觉那就是为你专属定制。片刻的出神，香烟的灰烬落入你在这个脏污廉价的咖啡馆中一直以来点喝的茶中。你将会再读一遍。那则广告欲聘年轻的历史学家。有条理，一丝不苟，通晓法语，精于书面和日常表达，能胜任秘书工作。年轻，熟知法文，最好还在法国旅居过一段时间；月薪三千比索，提供食宿，住所舒适，朝阳，适宜办公。就差你的名字了，就差那些更加醒目的加粗黑体字：费利佩·蒙特罗。欲聘费利佩·蒙特罗，索邦神学院获奖学金的前留学生，满腹无用史料的历史学家，惯于在泛黄的纸页中钩沉辑佚，辗转于不同的私立学校任助教，月薪九百比索。但假若你能读到这些，也只会心存猜疑，权当玩笑。东塞莱斯街815号。须本人前往。未留电话。

你拿起公文包，留下小费。心中思量着另一个年轻的历史学家，与你条件相仿，已经看到了这则广告，已抢先一步拿到了这个职位。你朝着拐角走去，试图将此事抛之脑后。你等候着公交车，点燃一支烟，默默诵背着那些你得记住的日期，好让那帮浑浑噩噩的孩子尊重你。你必须有备而去。公交车驶近，你正盯

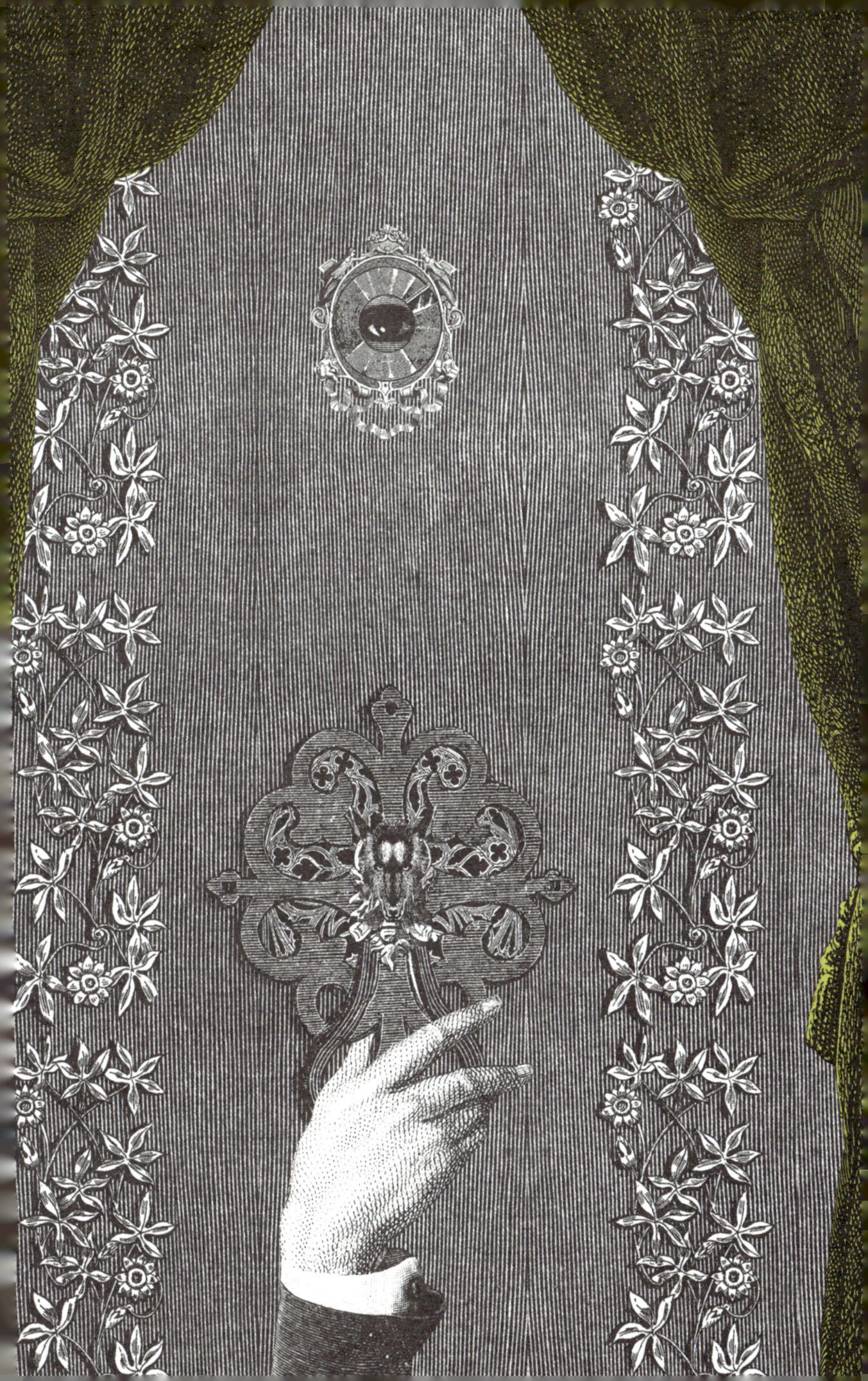

着你那黑色鞋子的鞋尖瞧。你必须有备而去。你将手伸进口袋，把玩着铜币，最后从中挑出三十分，你紧紧攥着它们，伸长胳膊好牢牢抓住从不作停的公交车上的铁把手，你跳上去，迈开步子，付了三十分比索。在拥挤的乘客中你艰难地让自己站稳，你将右手撑在扶手上，紧了紧腋下的公文包，随意将左手放在裤子的后兜上，那是你放钞票的地方。

你将度过那与往日一般平淡无奇的一天，你将不再想起那件事，直至次日，当你再次坐在咖啡馆的桌前，点了早餐，翻开报纸时。当翻到广告页，它们将出现在那里，再一次，那些显眼的文字：年轻的历史学家。昨天没人前去应聘。你将再读一次那则广告，视线将会停在最后一行：月薪四千比索。

想象有人住在东塞莱斯街将让你感到惊讶，因为一直以来你都认为在城市古老的中心区无人居住。你缓慢地走着，试着在聚集的殖民期陈旧豪宅——如今已变成修理作坊、钟表店、鞋店和出售净水的零售店——中辨识出815号。门牌号已被修改，叠加，让人混淆。13号挨着200号，古旧瓷砖上47号门牌上用白粉笔涂着新的提醒：现在是924号。你将抬头望向那些建筑的二楼：那里一如往昔。没有自动点唱机的侵扰，没有霓虹灯的闪烁，也没有那些廉价品装饰它们的面貌。千篇一律的火山岩，头顶鸽子冠冕的圣像壁龛，墨西哥巴洛克风格雕刻的石材，安着百叶窗的阳台，金属质地的排水管道、泄水孔，砂岩材质的滴水嘴兽。窗户皆被发绿的长窗帘笼罩着：那扇窗户，在你看向它时，有人隐退其后。你看向葡萄藤肆意蔓延的正墙，随即，视线下移至褪色的宅门，你发现此处是815号，先前是69号。

你徒劳地叩着大门的门环，那是个铜制的狗头门环，磨损得没了纹路，好似自然科学博物馆中狗的胚胎。你想象着那只狗对你微笑，旋即松开了带来冰冷触感的门环。大门在你手指轻微的推动下打开了，在踏入前，你最后一次回头张望，你皱起眉头，因为卡车和公交车那停滞不前的长队在急切地咆哮，鸣笛，排出有损健康的烟雾。你徒然地想要将那漠然的外部世界的画面定格。

你合上身后的大门，试探着进到那个带棚顶的黑暗过道——应是天井，因为你能嗅到苔藓、潮湿的植物、腐烂的根茎的气味，以及浓郁且令人昏沉的香气。你徒劳地找寻能指引你的光线。你在大衣口袋中翻找出火柴盒，然而，那个尖锐的、有气无力声音从远处传来并提醒你：

"不，用不着。拜托您。您朝前走十三步，会在您的右侧找到楼梯。请您上来。有二十二个台阶，您数着些。"

十三。右边。二十二。

你迈开脚步，那些潮湿的、植物腐烂的气味会将你缠绕其中。最先是踏在铺地的石砖上，旋即是那些因潮湿和幽闭而变得松脆的木板。你低声数到二十二，止步，双手握着火柴盒，公文包紧贴腋下。你敲响那扇闻起来有着潮湿老松树味道的门，摸索着门把手，终于，你推开了门，此刻，你感觉到脚下有一块小地毯。那是一块细长的没铺好的地毯，你会被绊一下，你重新感知到了光线，那透出的灰色的光，将周围照亮了些许。

"夫人。"你用一种平淡的声音说道，因为你确信记忆中那是一个女人的声音。夫人……

"现在向左。第一扇门。您多包涵。"

你推开那扇门——你不再指望某扇门能自己关上，你已知道所有的门都得用力关闭——散漫的光在你的睫毛上编织，仿若你在穿越一张纤薄的丝网。你的双眼只能看见那些映出长短不一光线的墙面，那里数十道光影在跳动。最终，你得以认出那是些卧室小烛灯，被放置在托架上，不对称地散落在窗户之间的墙面上。还有另一些轻微亮起的光，那是银制的心脏、细颈小玻璃瓶以及镶嵌的玻璃，就在这断断续续的光亮后面，你将会看到在房间最里面的床和一只示意的手，它似乎在用一个中断的动作吸引你。

在你把那些虔诚之光的穹顶留在身后之时，你将看见她。你在床脚绊了一下，于是，你不得不前行，近至床头。就在那里，那个瘦小的身影没在无边的床里。你伸手过去却并未触到另一只手，而是碰到了毛茸茸的、厚实的皮，是那个安静啃食的东西的耳朵。它向你转过红色的双眼，你微笑并抚摸了那只趴在手边的兔子，终于，那只手用没有温度的几根手指触到你的手，手指在你湿润的掌心停留了好一阵儿，之后，翻转你的手掌，让你张开的手指靠近带花边的枕头，

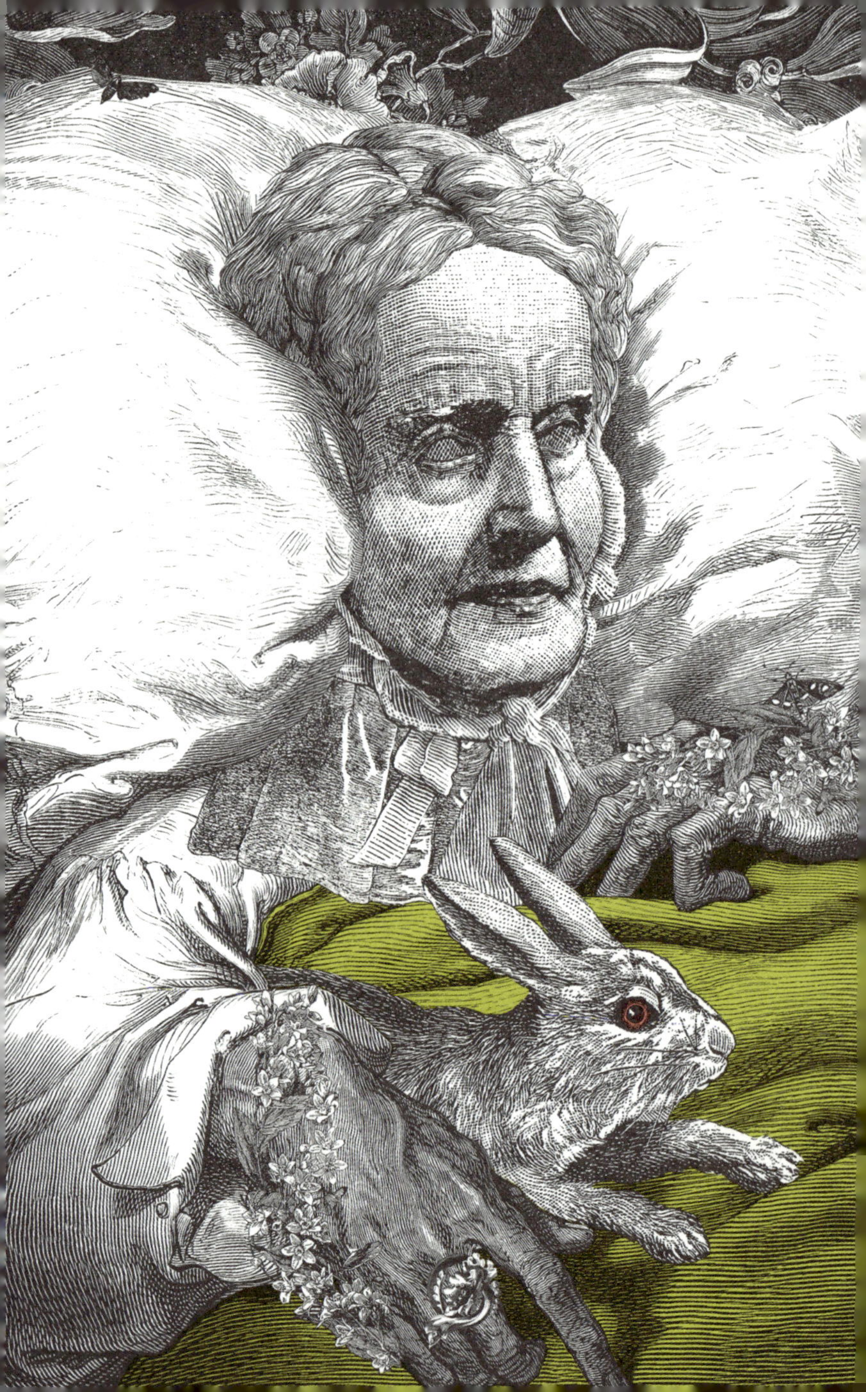

你触碰枕头,并借此从另一只手中抽回自己的手。

"费利佩·蒙特罗。我读到了您的广告。"

"是的,我知道。抱歉,没有椅子。"

"我无碍。您不必担心。"

"好,请您侧一下身,我看不清楚您。让我能看见光亮,就这样,看清楚了。"

"我读到了您的广告……"

"当然,您读到了。您觉得自己能胜任吗?您对此学习过吗?"[1]

"去巴黎学的,夫人。"[2]

---
1 原文最后一句为法语。
2 原文为法语。

"哦，是的，我总是很高兴听到……是的……您知道……我们已如此习惯了……之后……"[1]

你将挪开些身子，以便银器、蜡烛和玻璃交织的光线，勾勒出那将满头华发收拢其中并框出一张苍老得几乎还童的面庞的丝织发网。延伸至被发网遮住的双耳处那白色领口上紧扣的纽扣，以及那些床单和鸭绒被褥将整个身体包裹得严严实实，只露出裹在毛线大披肩里的双臂以及闲搭在腹部的双手：你只能定定地看着那张脸，直至那只兔子发出的动静让你移开视线，偷偷地窥察到那些面包碎屑，那些散落在红色丝绸被褥上的面包硬皮，丝绸被褥已然破旧，黯淡无光。

---

[1] 原文为法语。

"我行将就木,时日无多,蒙特罗先生,所以我想要打破我一生的习惯,在报纸上刊登了那则广告。"

"嗯,所以我才在这里。"

"的确,那么您是接受了。"

"哦,我还想多些了解……"

"那是自然。您难免好奇。"

她将发现你正在打量着床头柜,那些颜色各异的细口小瓶、杯子、铝制的汤勺、整齐摆放的装着药丸和药片的纸袋,还有另外一些沾着白色液体、散落在地上的杯子,以便倚在那张矮床上的女人触手可及。于是,就在那只兔子跳起消失在黑暗中时,你将注意到那是一张几乎和地面齐平的床。

"我每月付您四千比索。"

"是的,今天的广告上是这么说的。"

"啊,这么说已经刊出了。"

"是的,已经刊出了。"

"是关于我丈夫略伦特将军的手稿。在我死之前得将它们整理好,还得出版。这是我不久前做出的决定。"

"那略伦特将军本人,难道不能……?"

"他六十年前就过世了,先生。那是他未及完成的回忆录。必须完成它们,在我死之前。"

"但是……"

"我会告诉您一切的。您将学着用我丈夫的风格撰写。您只需整理、阅读那些手稿,就会对那些散文着迷,对那种清澈着迷,那种,那种……"

"是的,我明白。"

"萨迦[1]，萨迦。它在哪儿？嘶，萨迦……"

"谁？"

"我的伴儿。"

"那只兔子？"

"对，它会回来的。"

你将抬起双眼，先前它们一直保持着低垂。与此同时，她不会再多言。但是那一句——会回来——你再一次听到了它，就仿佛那个老夫人此刻正在说出一般。然而她的双唇一动未动。你朝后看去，那些宗教物件不断闪烁的光晕让你觉得刺目。当你再次回望那位夫人，你觉察出她的双眼圆睁，大得出奇，它们明

---

[1] 西语原文为"Saga"，意为"北欧古代神话传说、英雄传说、家族史"。

亮、湿润、幽深，几乎与表面泛黄的角膜同色，只那点黑色瞳仁打破了几分钟前遗失在下垂的眼睑那厚重的褶皱下的清明，好似为了保护此刻再次隐藏（退隐，你这么想着）于她那干涸的洞底的目光。

"那么，您将留下来。您的房间在上面。那里光线充足。"

"或许，夫人，我最好不要打扰您。我可以继续住在原来的地方，在我自己的家里校对手稿……"

"您住在这里就是我的条件。时间所剩无几。"

"我不知道……"

"奥拉……"

自你入她的房间以来，那位夫人将第一次动弹。当她再次伸出手时，你觉察到身侧那急促的呼吸声，就在你和这个女人之间,有另外一只手伸过去碰到她的手指。你看向旁侧,一位年轻女子就在此处,那是一个你无法看清全身的女子,因她离你如此之近,加之她出现得如此突然,悄无声息——甚至连声响都不曾有,但它们是真实的,因为很快就会被想起,因为,无论如何它们总要比陪伴在旁的寂静来得强烈。

"我跟您说过她会回来……"

"谁?"

"奥拉。我的伴儿。我的侄女。"

"下午好。"

年轻女子将微微颔首,与此同时,老妇人也是同样动作。

"这位是蒙特罗先生。他会和我们同住。"

你将移开几步,以免烛光刺眼。年轻女子闭着双眼,双手交错落在一侧大腿上:她没有看你。她慢慢睁开眼睛,好似畏惧房间里耀眼的光。最终,你将看见那如海的双眼,其间波光流动,浪花迭起,复又归于绿色的宁静,复又激荡如一道海浪:你看着它们,不断地告诉自己那不是真的,它们不过是一双美丽的绿色眼睛,与你曾经或未曾见过的绿色双眼并无二致。然而,你不愿自欺欺人:那双眼中波光流转,变化无常,好像在为你呈现一道只有你能揣度和渴望的风景。

"是的,我将与二位同住。"

二

老妇人将露出笑容，甚至发出尖锐的笑声，对你说承蒙你的好意，这位年轻姑娘会带你去你的房间。而你心中惦念着四千比索的薪水，这份工作之所以能令人愉悦恰恰因你喜欢这种细致的研究任务，免于体力劳动，免于从一个地方奔波至另一个地方，也免于与他人那些难以避免又令人烦扰的接触。你一边想着这一切，一边跟随年轻女子的脚步——你意识到你的跟随不是通过视觉,而是依靠听觉:你跟随着塔夫绸裙子发出的窸窣声——你此刻渴望再次注视那双眼睛。你随着声音上楼,四周漆黑一片,你还未习惯这种黑暗:你记得应该是下午六点左右,旋即,你被房间里充盈的光线惊到,就在奥拉的手推开房门——另一扇无锁的门——的一瞬。很快,奥拉收回手,对你说:

"这就是您的房间。一小时后我们等您吃晚饭。"

她将携着塔夫绸的窸窣声离开,而你未能再次看到她的面容。

你关上——推上——身后的房门,终于,你抬头看向那兼作天花板的巨大天窗。你露出笑容,因为你发现纵是暮色余晖也足以令人感到炫目,与家里其他地方的阴暗反差甚大。你心情舒畅,试了试镀金的金属床上那柔软的床垫，环顾整个房间：红色羊毛地毯，金色和橄榄色的墙纸，红色天鹅绒扶手椅，年久的办公桌——胡桃木材质，绿色的皮面——古旧的煤油灯，曾在你无数研读的夜里散发出朦胧的光，钉牢在桌子上方的搁板，你触手可及，上面摆放着几卷装订成册的书。你踱到屋内另一扇门前，一推开，发现是一间老式过时的盥洗室：一个四脚浴缸，瓷面上画着些小花，一个蓝色的手盆架，和一个不甚舒适的马桶。你凝视着那面椭圆形的大衣帽镜中的自己，镜子也是胡桃木的，被挂在浴室里。你动了动你那浓密的眉毛，张了张你那长且厚的嘴唇，让雾气罩满镜面；你闭上你那黑色的眼睛，当你再次睁眼，雾气将消散殆尽。你不再屏息，一只手抚过你顺直的黑发，抚摸你端正的侧脸,你瘦削的脸颊。当雾气再次模糊了面庞,你将重复那个名字:奥拉。

你侧躺在床上,两支烟过后,看了看表。你起身,穿上西服外套,用梳子梳了梳头发。你推开门,试着回想你上楼时的路线。你想让门开着,以便油灯的光能引导你:但这不可能,因为门上的弹簧关上了它。你本可以摆荡那扇门消遣。你本可以举着油灯下楼。你没那么做,因为你知道这个家总是处于黑暗之中。你迫使自己倚仗触觉去了解它,熟悉它。你小心翼翼向前挪动,如盲人般,双臂展开,摸蹭着墙壁,你的肩膀不经意间压到了电灯开关。你的脚步顿住,眯起眼,停在那条悠长空荡的走廊灯火通明的中心。尽头处,是扶手和螺旋楼梯。

你边数着阶梯边下楼:略伦特夫人家强加于你的另一个刚养成的习惯。你数着楼梯下楼,倏然,你后退一步,因为你对上了那只兔子粉红色的眼睛,它旋即转身跳开了去。

你无暇在前厅驻足,因为,奥拉将在一扇半开的不透明的玻璃门处,手举烛台等着你。你露出微笑,迎向她;你脚下步子一顿,因为你听到几只猫痛苦的喵声——是的,驻足细听,虽已距奥拉的手很近,你想要确定那是几只猫的声音——随后你跟她去到客厅。

"是那些猫,"奥拉会这样说,"这片城区老鼠过多。"

你们穿过客厅:黯淡无光的绸面家具,陈列着瓷娃娃、音乐钟、勋章和水晶球的玻璃柜,波斯设计风格的地毯,田园风景画,拉上的绿色天鹅绒窗帘。

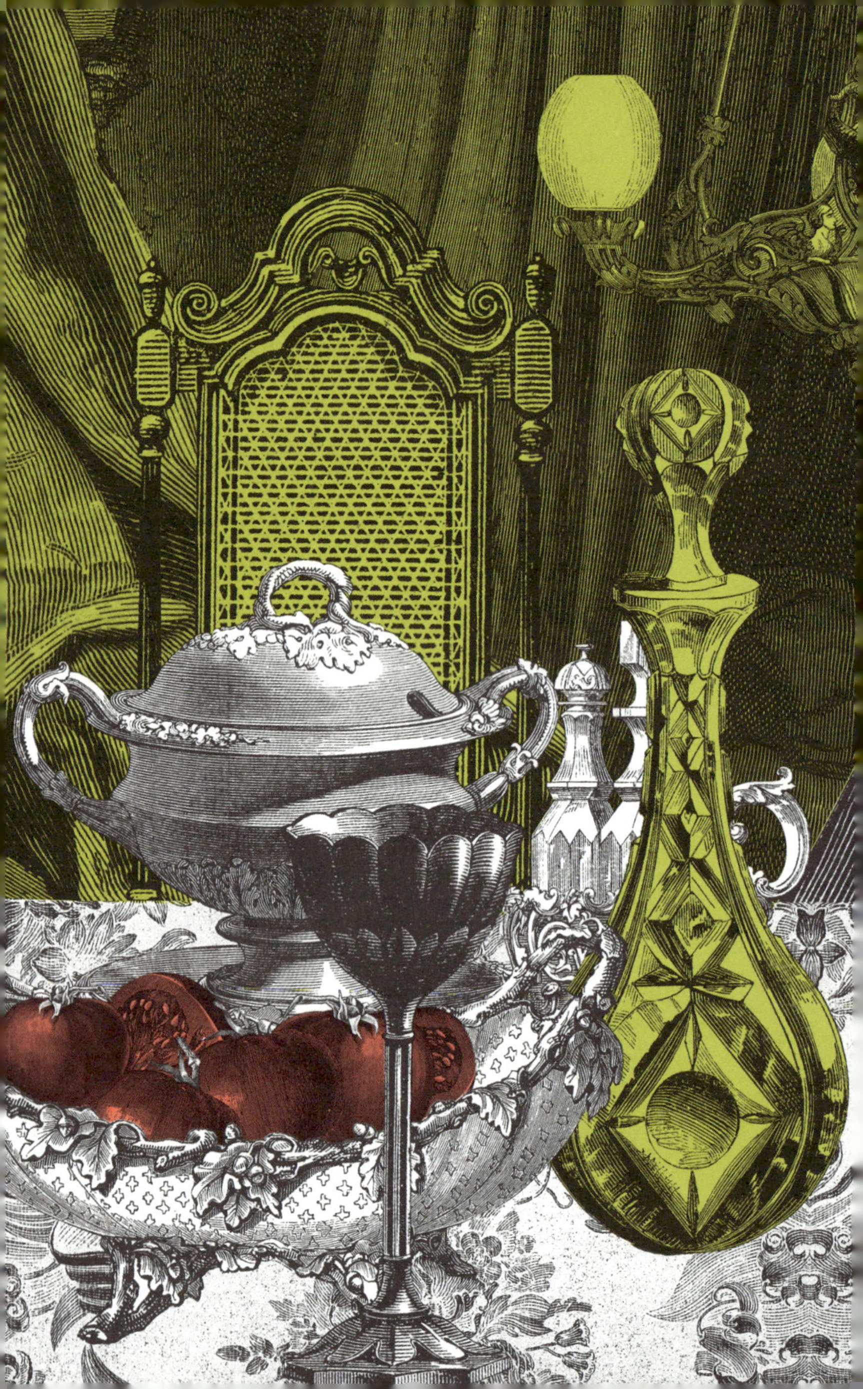

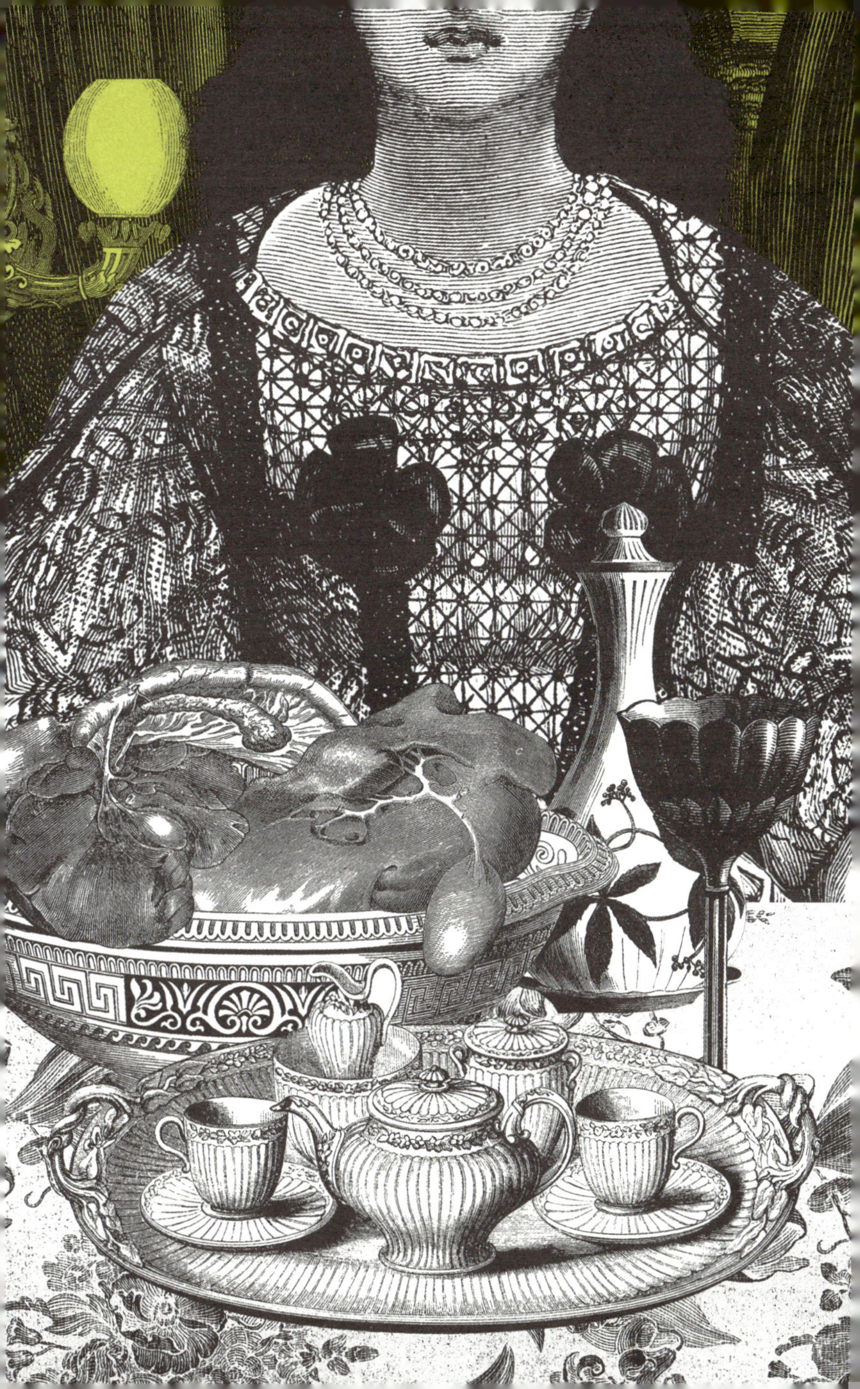

奥拉一袭绿衣。

"您住着舒适吗?"

"是的。但我需要把我家里的东西收拾……"

"不用。用人已经去取了。"

"希望没给各位添麻烦。"

你,一直跟在她身后,进入餐厅。她将会把烛台摆在餐桌中央。你感到一阵湿冷。餐厅四面墙上都覆着一种深色木板,其上是哥特风格的雕刻,带有尖顶和雕花圆窗。那些猫已不再叫唤。一落座,你就注意到摆好的四套餐具,银制平底锅下面有两大盘热菜,此外,还有一个旧瓶子,因上面覆着的绿色黏液而闪着光泽。

奥拉将会挪开平底锅。她为你上菜,你闻到裹着洋葱酱的腰子的浓烈味道,你将拿起那个旧瓶子,用那浓稠的红色液体装满雕花水晶玻璃杯。出于好奇,你想要看看红酒的标签,但瓶身上的黏液未能让你如愿。从另一个大盘子里,奥拉盛出一些完整的番茄,是烤过的。

"打扰一下,"你开口,一边看着另外两套多出的餐具,两把空着的椅子,"我们还要等谁吗?"

奥拉继续盛着番茄:

"不等谁。康苏埃洛夫人今晚感觉虚弱。她不会来作陪。"

"康苏埃洛夫人?您姑妈?"

"是的。她请您晚饭后去见她。"

你们默不作声地吃着饭,喝着那过分浓稠的红酒，你一次次地移开目光，这样奥拉就不会将你遏制不住的催眠般的无礼举止逮个正着。即便如此，你也想在脑海中复刻那女孩的容貌。每一次移开目光，你就必将忘记她的五官，于是，一种刻不容缓的紧迫感会迫使你再次看向她。她，一如往常，保持视线低垂，你，在西装口袋里摸索香烟，探到那把小钥匙，你想到什么，对奥拉说：

"啊！我忘了我桌上的一个抽屉是上锁的，里面有我的文件。"

而她将会低声喃喃：

"那么……您是想出去？"

她说的话像是一种责备。你不明所以，只是伸出手，一根手指上挂着那把钥匙，递向她。

"不急。"

可她避开了你的手,将她的双手放在膝头,最终,她抬起视线,而你复又怀疑自己的感觉,你把那双碧绿、干净、明亮的眼睛给你造成的这种惶惑和眩晕归咎于红酒,你起身,来到奥拉身后,抚摸着哥特式椅子的木质靠背,未敢碰触女孩裸露的肩膀以及纹丝不动的头部。你竭力克制着,不料听到身后另一扇门发出不易觉察的敲击声,你分了神,那应该是通向厨房的门。你分离出餐厅内两个造型元素:那个枝形烛台投射出一个照亮餐桌和雕刻墙面一端的紧凑的光圈,还有一个更大的阴影圈,环绕着前面的那个。终于,你鼓足勇气挨近她,握住她的手,打开,将那钥匙环,那件信物,放进她光滑的手心里。

你将看到她握紧手,寻找你的目光,喃喃道:

"谢谢……"她随后起身,匆匆离开餐厅。

你坐在奥拉的位置上,舒展双腿,点燃一支香烟,被一种你从未了解的快乐侵占,你早就知道那是自己的一部分,但直到此刻才完全地体验到。因为,此刻,你将其释放,将其外显,因为,你知道,这一次你将会觅得答案……康苏埃洛夫人在等你,她告知过你:她在晚饭后等你……

你已经掌握了路线。你拿着枝形烛台穿过客厅和前厅。你面前的第一扇门,就是老妇人的。你用指关节敲了敲门,无人应答。你再次敲门。你推开门:她在等你。你小心翼翼地入内,轻声低呼:

"夫人,夫人……"

她不会听到你，因为你发现她正跪在那堵展示虔诚的墙跟前，头撑在紧握的双拳上。你远远地看着她：她跪着，身体包裹在那件宽大的粗羊毛长睡衣中，头埋在她瘦削的肩膀里，她瘦如中世纪枯槁的雕塑，干瘦异常的双腿如两根木条从睡衣下伸出，上面布满了丹毒的肿块。你想象那粗糙的羊毛在皮肤上不断摩擦，直至看见她举起拳头无力地在空中击打，就好像她正在与那些形象进行战斗。当你走近时，你开始辨认他们：基督、圣母马利亚、圣塞巴斯蒂安、圣女卢西亚、天使长米迦勒和笑着的恶魔们。恶魔们是这幅包含痛苦和愤怒的肖像画中唯一笑着的：因为，在这幅被烛光照亮的古老版画中，他们将三叉戟刺入被罚入地狱者的皮肉，将大锅开水尽数泼向他们，他们强奸女人，他们酩酊大醉，他们享受着圣徒们不被允许的自由。你靠近那个被圣母悲痛的眼泪、殉难者耶稣的血、魔王的享乐、天使长的狂怒、储存在酒瓶中的内脏、银制的心环绕在中心的人影：康苏埃洛夫人。她双膝跪地，以双拳做出威胁，结结巴巴地说着什么，你已靠她很近，能听到她在说：

"来吧，上帝之城；吹响吧，加百列的小号；啊，但世界末日怎迟迟未至！"

她将捶胸直至倒地，在那些形象和蜡烛面前，发出一阵咳嗽。你托住她的手肘，轻轻地把她引至床边，这个女人的身量让你心生讶异：她，猫腰，驼背，脊椎塌陷，几乎是个小女孩。你知道，如果不是你的搀扶，她就得自己爬回床上去。你让她斜倚在落满面包屑、堆满旧鸭绒被褥的大床上，为她盖上被子，等到她的呼吸平顺，此刻，不受控的泪水顺着她透明的脸颊滑落。

"对不起……对不起，蒙特罗先生……我们这些老妇人唯一剩下的就是……祷告的快乐……请您把手帕递给我。"

"奥拉小姐告诉我……"

"是的，是这样。我不想咱们浪费时间……您应该……您应该尽快开始工作……谢谢……"

"您先歇息一下。"

"谢谢您……给您……"

老妇人将会抬手至脖间，解开纽扣，低头取下那条深紫色的、磨损的、此刻她正交付于你的绸带：有些分量,因为其上挂着一把铜钥匙。

"在那个角落里……您打开那个箱子,拿出右边的那些手稿,就是最上面的那些……上面系着一根黄色的带子……"

"我看不太清楚……"

"啊,可不……是我太习惯黑暗了。在我的右边……您走过去,然后会碰到那只大箱子……这是因为我们被围起来了,蒙特罗先生。我们的周围都是建筑,我们的光线被夺走了。他们想强迫我卖房。除非我们死了。这所房子对我们而言充满了回忆。我只有死了,他们才能把我弄出去……只能如此。谢谢。您可以开始阅读这部分手稿了。剩下的我后续会给您。晚安,蒙特罗先生。谢谢。您看,您的枝形烛台熄灭了。请您到外面点亮它。不，不，您留着钥匙。就这样安排。我相信您。"

"夫人……那个角落里有个老鼠窝……"

"老鼠？我从不去那儿……"

"您应该把那些猫弄到这里。"

"猫？什么猫？晚安。我要睡了。我倦了。"

"晚安。"

三

当晚,你读着那些泛黄的纸张,上面是芥末色墨水的字迹;时而会有因大意而被烟灰灼穿的洞,或是苍蝇留下的污痕。那位略伦特将军的法语[1]并不如他妻子认为的那般出色。你觉得你可以极大地改善文风,精简对过往事件的冗长叙述:在十九世纪瓦哈卡州的一个庄园度过的童年,在法国的军事学习,与莫尼公爵以及拿破仑三世亲信的友谊,回到墨西哥并进入马克西米连一世的亲信圈,帝国的庆典和晚宴,战役,溃败,坎帕纳斯山[2],流亡巴黎。没有什么是别人未曾讲述过的。你一边褪去衣物,一边思忖着老妇人那畸形的突发奇想以及她赋予这些回忆录的虚假价值。你躺下,不禁露出笑容,想到了你的四千比索。

你沉睡,无梦,直到早上六点的那束光线将你唤醒,因为玻璃天花板没安窗帘。你用枕头捂住眼睛,试图继续睡去。十分钟后,你打消了念头,起身去盥洗室:你发现自己所有的物品都已安放在一张桌子上,你为数不多的西装挂在衣柜里。就在你刮完胡子之时,

---

1 原文中略伦特将军的回忆录为法语写就。
2 坎帕纳斯山位于墨西哥克雷塔罗市,是墨西哥第二帝国皇帝马克西米连一世于1867年被枪决的地方,由拿破仑三世扶植的傀儡政权墨西哥第二帝国就此灭亡,法国对墨西哥的干预也随之结束。

那哀求而痛苦的猫叫声打破了清晨的宁静。

那哀怨凄惨的猫叫声在你的耳侧震荡。你试图定位声音的源头：你打开通向走廊的门，却未听见声响。那猫叫声自上而来，是从天窗处飘进来的。你迅速爬上椅子，再从椅子上到写字台，随后，撑在书架上，你就能够到天窗。你打开其中的一个窗格，用力抬身，盯向旁边的花园，在那个布满浆果紫杉和欧洲黑莓树的圆形建筑里，五只、六只、七只猫——你没数下去：再多一秒也坚持不了——被铁链拴在一起，裹在火里打滚，散发出浓烟，以及毛皮燃焦的气味。可是，一跌回扶手椅，你就怀疑是否真的看到了那一切；或许你刚才只是因那些持续、减弱、最终消失的骇人猫叫声才生出了那般想象。

你穿上衬衫，用纸擦了擦黑色的鞋尖，这一次，你听到那仿佛穿过走廊并接近你的房门的铃声。你探身望向走廊，奥拉手拿铃铛走过来，一瞥见你就低垂了头，并对你说早饭已备好。你想要拦下她，但奥拉将会走下螺旋楼梯，摇着漆成黑色的铃铛，就仿若她要唤醒的是一整座收容所，一整所寄宿学校。

你紧随她身后，身上只穿了件衬衫，但当你来到前厅时，已寻她不见。老妇人卧室的房门在你身后打开：只见从将将打开的门后探出的那只手，把一个瓷盆放在前厅后立刻缩回，将门立即重新关上。

在餐厅，你发现为你准备的早餐：这次，只见一套餐具。你快速用完餐，回到前厅，敲响康苏埃洛夫人的房门。那个微弱且尖锐的声音让你进去。一成不变。持久的黑暗。唯见烛台的光芒和银色的圣迹。

"早上好,蒙特罗先生。您睡得好吗?"

"很好。我看手稿到很晚。"

那位夫人将摆摆手,仿佛想让你走开。

"不,不,不。您先别告诉我您的看法。您且整理那些手稿吧,当您完成后,我会再把剩下的给您。"

"好的,夫人。我可否参观一下花园?"

"什么花园,蒙特罗先生?"

"我房间后面的那个。"

"这座房子没有花园。当房子周围开始施工,我们就失去了花园。"

"我原想我能露天工作的话会更有效率。"

"在这所房子里,只有您来时经过的那个昏暗的天井。在那里，我侄女种了一些喜阴植物。仅此而已。"

"知道了，夫人。"

"我今天一整天都想好好休息。晚上您再来找我。"

"好的，夫人。"

你一整天都在审校那些手稿，把你想要保留的段落誊清，对你觉得不如意的地方重新编撰，你一支接一支地抽着烟，琢磨着你应该让你的工作时间有所间断，以便尽可能延长这份肥差的工期。如果你设法攒够至少一万二千比索，你就能有近一年的时间投入到自己那耽搁至今、几乎被遗忘的著作。那是一部关于西班牙发现和征服美洲的伟大且全面的作品。一部汇集所有零散编年史，并让其通俗易懂的大成之作，将黄金世纪所有的功绩与冒险，文艺复兴的人类典范与最伟大的成就皆诉诸笔端。实际上,末了,你将帝国军人那令人厌烦的手稿丢至一边,着手为你自己的著作做索引、写摘要。时间流逝不觉,只是当你再次听到铃声时,你才看了看手表,你穿上外套,下楼去到餐厅。

奥拉将已落座;这一次,桌首的位置将由略伦特夫人占据,她裹着披肩和睡衣,领口蹭着束发网,正俯身用餐。然而还摆放着第四套餐具。你是不经意间发现的,对此你已不甚在意。如果你未来创作自由的代价是接受这位老妇人的所有怪癖,那么,你便能毫不费力地付出这一代价。你试着边看她喝汤,边估算她的年龄。在某个时刻,想要辨析岁月的流失已不可能:康苏埃洛夫人,从很久以前,就越过了那道时间的边界。将

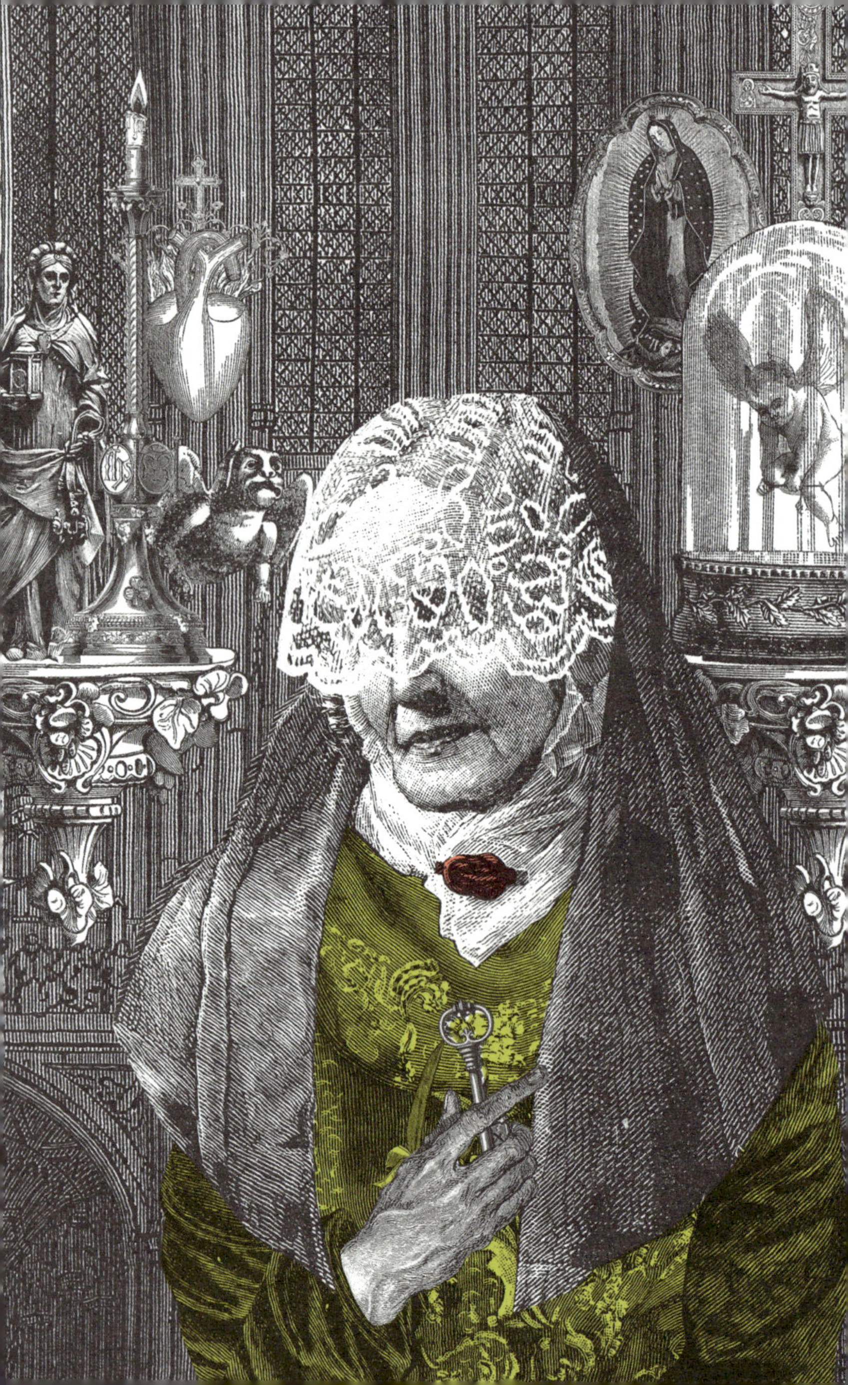

军没有在你一直审读的回忆录中提及她。但是，如果这位将军在法国入侵[1]时有四十二岁，并于四十年后，即一九〇一年去世，那么去世时他应为八十二岁。他估计是在经历克雷塔罗之败[2]并流亡之后，与康苏埃洛夫人成婚的，但彼时的她还是个小女孩……

各种日期将会使你陷入混乱。此刻，那位夫人正在说话，用那种尖细的低语，如鸟儿的啾啾声。她是在和奥拉说话。你专心吃着饭，听着那平淡无奇的抱怨，对痛苦、对生病的怀疑，还有的怨怼是关于药品

---

1 指的是1861年法兰西第二帝国远征军对墨西哥发动的一次入侵。这次入侵的导火索是墨西哥总统贝尼托·胡亚雷斯于1861年7月17日停止再向外国支付借款的利息，而法国正是墨西哥最大的债主之一。这次入侵行动催生出墨西哥第二帝国，奥地利大公斐迪南·马克西米连在法国皇帝拿破仑三世的怂恿下即位，成为墨西哥的末代皇帝。
2 克雷塔罗之败（la derrota de Querétaro）发生于1867年，这场失败的战役标志着墨西哥第二帝国的覆灭。

的价格、房子的潮湿。你想介入这场家庭谈话，询问昨天取回你的东西但你却从未见过的用人，那个从未服务过用餐的用人：你将会开口询问，如若不是因为你突然间惊讶地发现，奥拉，自始至终，都未曾开口，她以那种机械的姿态吃着饭，仿佛在等待某种外力推动她拿起汤勺、餐刀，切开腰子——你嘴里再次感觉到腰子的味道，显然它是这个家偏爱的菜品——将它们递进嘴里。你快速地从姑妈看向侄女，再从侄女看向姑妈，康苏埃洛夫人在那一刻停下所有动作，与此同时，奥拉将刀搁在盘子上，保持一动不动，你记得就在不到一秒之前，康苏埃洛夫人也做出了同样的举动。

她们静默无言好几分钟。你快要吃完了。她们像雕像般纹丝不动，看着你吃饭。末了，老夫人开口：

"我倦了。我不该来餐厅用餐。来吧，奥拉，陪我回屋。"

那位夫人将试图抓住你的注意力：她会直视你的脸，为了让你也正视她，尽管她那些话是说给侄女听的。你竭力想摆脱那种注视——又是那般圆睁、明亮、泛黄，没有了惯常遮住它的眼帘和皱纹——将你的视线落在奥拉身上，而此刻奥拉的眼神空洞失焦，双唇无声地动了动，之后以一种你会联想到梦游的姿势起身，扶着驼背老妇的胳膊，迟缓地带她离开餐厅。

独自一人，你拿起从午餐伊始就备好的咖啡，一边轻啜已然冷却的咖啡，一边蹙眉自忖那位夫人不会是施加了某种秘密的力量在那个姑娘身上吧，那个姑娘，你那美丽的身着绿衣的奥拉不会是被迫待在这间

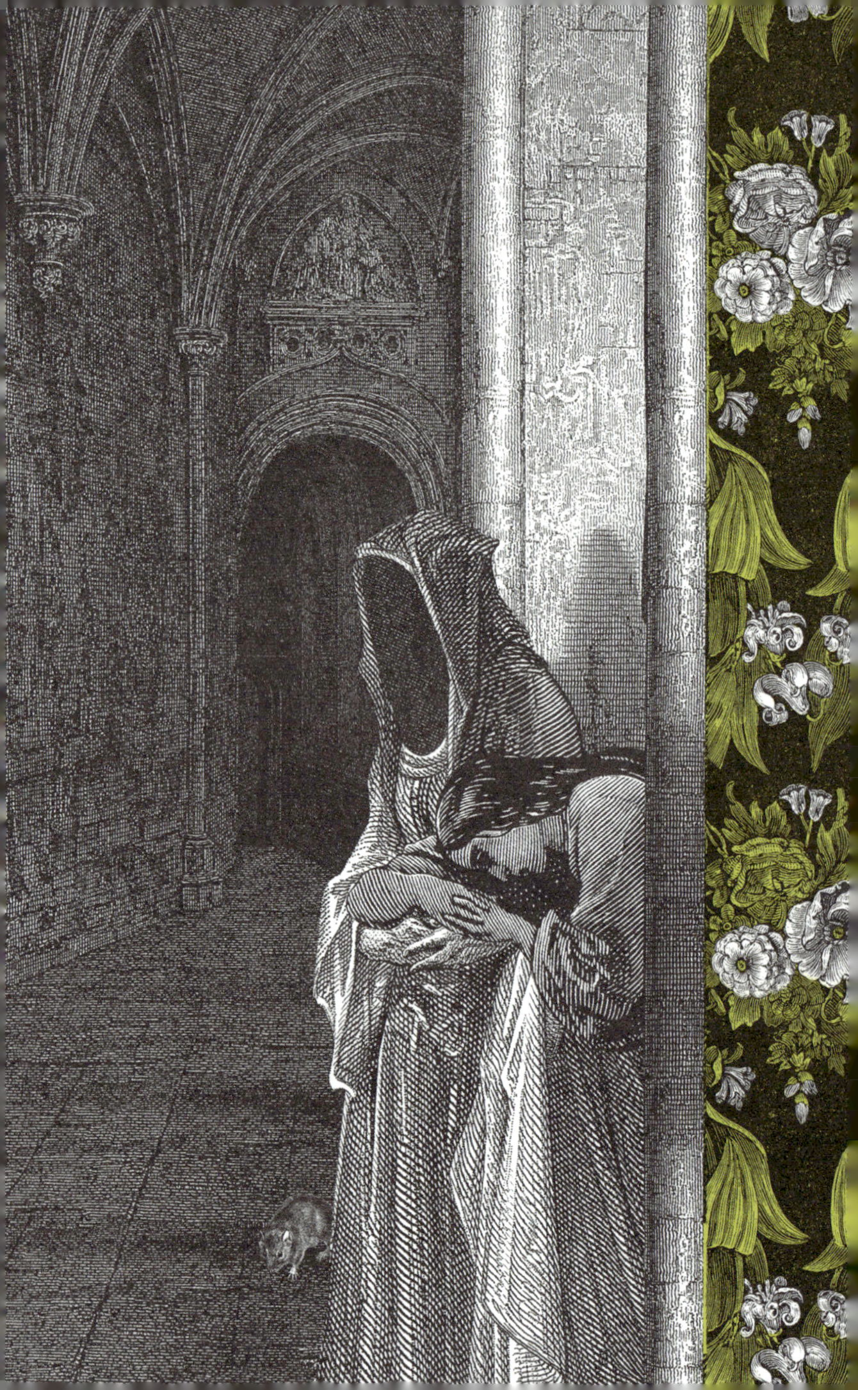

阴暗的老宅里吧。可是，当老妇人在她黑暗的房间里打盹时，逃离对她而言轻而易举。你不失时机地想象着另一条出路：或许奥拉希望你能将她从那个任性怪异、情绪不稳的老妇人因某种隐秘的原因套在她身上的枷锁中解救出来。你还记得几分钟前的奥拉，死气沉沉，因恐惧而神情呆滞：她无法在女暴君面前说话，只能无声地嗫嚅着，仿佛在沉默中向你恳求将她解救，她是囚徒，甚至连一举一动都要模仿康苏埃洛夫人，就仿佛年轻姑娘只被允许重复老妇人所为。

这种彻底异化的形象让你心生叛念。这次，你走向另一扇门，那扇在楼梯脚下朝向前厅的房门，就在老妇人的卧室旁侧：奥拉应住在那里，因为家中再无其他的房间。你推门踏入屋内，同样的昏暗，四堵白墙，其上唯一的装饰是一尊黑色基督像。左边,你看到那扇应是通向那位遗孀房间的门。你踮起脚尖走过去,把手放在木门板上,但旋即转了念:你得和奥拉单独谈谈。

如若奥拉真想让你帮她,她定会来你的房间。你待在自己的房间,将那泛黄的手稿,你自己那正在打磨的著作皆抛诸脑后,心中只念着你的奥拉那难以捉摸的美丽——你愈是思及她,就愈会将她据为己有,不仅是因为你念及她的美丽而渴望她,更是由于此刻你是为了解救她而渴望她:你将为你的欲望寻得一个道德理由;你将感到坦荡和满足——当你再次听到提醒的铃声时,你未下楼用晚餐,因为你无法忍受如中午那般的情景重演。或许奥拉会有所察觉,晚饭后她将上楼寻你。

你努力让自己继续审校手稿。你感到倦乏,慢慢脱去衣物，倒在床上，你很快入睡，多年以来你首次做梦，且只梦到一件事，你梦到那只瘦骨嶙峋的手，拿着铃铛朝你袭来，同时叫喊着"你走开，全都走开"。当那张掏空双目的脸逼近你的脸之时，你在无声的嘶喊中惊醒，汗流浃背。你感受到那正爱抚你的脸颊和头发的双手，感受到那低声呢喃，抚慰着你，向你索要你平静和亲昵的双唇。你伸出手去探寻另一具一丝不挂的身体，于是，她将轻轻摇动那把你熟悉的钥匙，循着钥匙你触到那个斜倚在你身上，吻着你，并用亲吻抚遍你全身的女人。你在没有星光的浓黑的夜色里看不清她，但你闻到她头发上散发出的天井植物的味道，你在她怀中感受到最柔软、最热切的肌肤，你在她的胸前触摸到敏感的静脉交织而成的花朵。你复又吻她，不让她说话。

当你筋疲力尽，离开她的怀抱时，你听到她的第一声低语："你是我的丈夫。"你没有反驳。她将对你说天亮了，她将和你道别，说她当晚会在自己的房间等你。你再次默许。在入睡之前，你感到轻松、飘浮，快感消逝，但指尖依然留存着对奥拉身体的触感，她的颤抖，她的交付。小女孩奥拉。

你费劲地醒了过来。有人用指关节敲了几下门，你昏昏沉沉地从床上爬起来，嘴里嘟囔着。奥拉，从门的另一边，将对你说不用开门：康苏埃洛夫人要和你谈话，她在她的房间等你。

十分钟后，你进入那位遗孀的圣殿。她包裹严实，抵靠在镶花边的大垫子上。你靠近那一动不动的身影，靠近那双隐藏在下垂、布满皱纹、发白的眼睑后面的双眼：你看到颧骨上的那些沟纹，皮肤那彻底不堪的疲态。

她并未睁眼，将对你说：

"您带钥匙了吗？"

"带了……我想是带了。是的，在这儿。"

"您能看第二卷了。还在老地方，蓝色绸带。"

这一次，你备感恶心地走向周边老鼠成群结队的那个箱子，它们明亮的小眼睛从腐烂的地板之间探出来，然后向着墙皮已然脱落的墙上那些洞跑窜过去。你打开箱子，取出第二卷手稿，之后，返回床脚边。康苏埃洛夫人在抚摸她的白兔。

从老妇人被衣领紧扣的喉咙里将会发出那一声沉

闷的咯咯声：

"您不喜欢动物吗？"

"不。不是特别喜欢。可能是因为我从来没养过。"

"它们是好朋友，好伙伴。尤其是当衰老和孤独来临时。"

"是的。应该是吧。"

"它们是自然的生灵，蒙特罗先生。是无邪的生灵。"

"您说它叫什么名字？"

"这只雌兔？萨迦。它充满智慧。它追随自己的直觉。它是自然的，也是自由的。"

"我原以为是只雄兔。"

"啊，您还不懂分辨。"

"是的，不过重要的是您不感到孤单。"

"世人希望我们独处,蒙特罗先生,因为他们说孤独是成圣的必要条件,但却忘记了孤独中诱惑才会更大。"

"我没明白您的意思,夫人。"

"哦,更好,这样更好。您可以继续工作了。"

你转身,走向房门,离开卧室。来到前厅,你紧咬牙关。你为什么没有勇气告诉她你爱那位姑娘?你为什么不折返回屋,一股脑儿地告诉她,你打算在完成工作后带走奥拉?你又返回房门口,犹犹豫豫地轻推开房门,透过门缝,你看到康苏埃洛夫人站着,身板挺直,与先前大不一样。她怀抱那件制服:那件蓝色的,其上是金色的纽扣、红色的带穗肩章以及光彩熠熠的冕雕徽章的制服,那件老妇人狠狠地咬着、之后又温柔地亲吻着的制服，它被放在肩头，随着摇摆的舞步旋转。你将门合上。

是的：我遇见她时她不过十五岁，你读着回忆录的第二卷，我认识她时她不过十五岁，如果让我说，是她绿色的双眸迷住了我。康苏埃洛绿色的双眸。一八六七年的时候她十五岁，略伦特将军娶了她，带着她流亡到巴黎。我的小女孩，将军在他灵感涌动之时写道，我绿眼睛的小娃娃，我用爱充盈了你：他描述他们的住宅，那些一起散步、参加舞会、乘坐马车的时光，那第二帝国的世界；当然，描写无甚出彩之处。我甚至忍受了你对猫的仇恨，而我是如此喜爱那些可爱的动物……有一日，他发现她双腿叉开，前面的裙撑撩起，正在折磨一只猫，他不知道要如何打断她，因为他认为你如此行事尽显天真，纯粹是出于幼稚，他甚至因此而兴奋，以至当晚——如果你信你所读——带着异常的激情爱了她一场。因为你告诉我折磨猫是让我们的爱变得美好的方式，是一种象征性的祭献……你将会推算出：康苏埃洛夫人今日将满一百零九岁……你合上手稿。她的丈夫去世时，她四十九岁。你知道怎样穿着美丽，我甜美的康苏埃洛，你总是身着绿色天鹅绒，就如你绿色的双眼。我想你将美丽依旧，即使在百年后……她永远身着绿色，永远美丽，即使百年后。你因美貌而自傲，你难道不会做些什么来保持青春永驻？

四

在重新合上手稿时,你知晓了奥拉住在这所宅子里的原因:为了让那个可怜的疯癫老妇人对青春和美丽的幻想永存。奥拉,被囚禁于此,她就像一面镜子,就像那面被神迹、保存的心脏、想象出的恶魔和圣徒覆满的宗教之墙上的另一尊圣像。

你将手稿撇到一边,下楼,心中揣摩出早上时分奥拉将会出现的唯一地方:那个贪婪老女人会指派她去的地方。

你在厨房找到她，是的，恰在她宰杀山羊的那一刻：从开口的脖子上冒出的热气，溢出的血腥味，以及动物那圆睁、僵硬的眼珠让你感到恶心，在那个景象的后面，是一个迷失其中、衣衫不整、头发凌乱、身上血迹斑斑的奥拉的身影。她看着你，却未认出你，只继续自己屠夫的活计。

你转过身去：这一次，你将和老妇人理论一番，你将当面斥责她的贪婪，她可恶的专制。你一下子推开门，只见她，在灯光的面纱后面，站着，在空气中比划着。你看到她双手都在舞动，伸向空中：一只手伸出并按压，好像在努力抓着什么东西，另一只手紧握，绕着空气中的某物，正一次次刺着同一个地方。

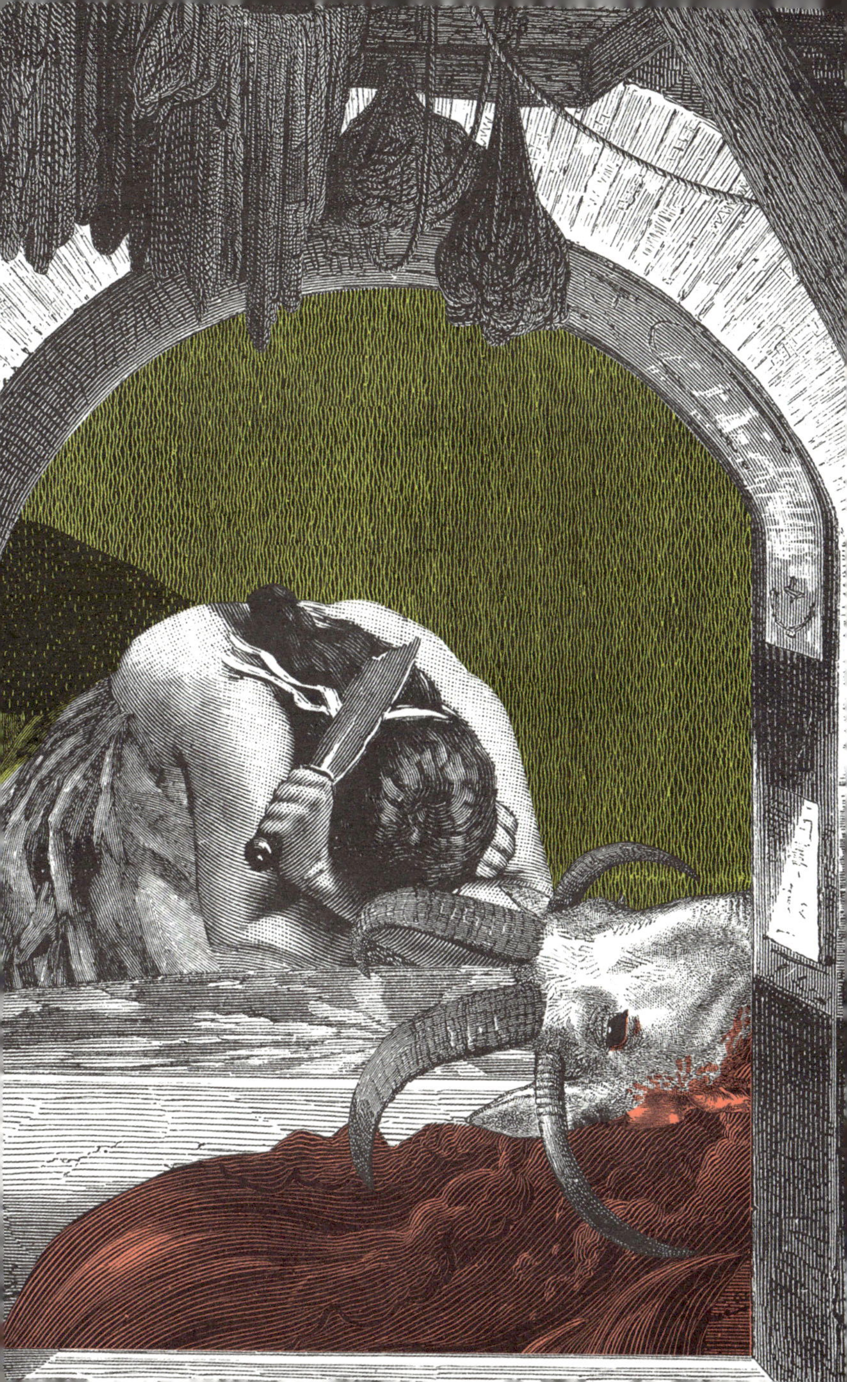

随即，老妇人将收回双手，在胸前擦拭，喘口气，又砍向空中，仿佛——是的，你将看得明白——仿佛在剥一只牲口的皮……

你跑向前厅，穿过客厅、餐厅，来到厨房，在那里，奥拉正在慢慢地剥山羊皮，她专注行事，既未听见你进来，也未听见你说话，只望向你，好似你如空气般。

你缓慢上楼，回到自己的房间，进屋后立刻抵住房门，仿佛惧怕有人尾随。你气喘吁吁，汗流浃背，脊椎僵硬无力，你确信：如果有人或东西要进来，你必定无法抵抗，守不住房门，任其得逞。你焦躁不安，拿起扶手椅，将它顶在那扇无锁的门上，又把床推向房门，直到将门完全堵上。你瘫倒在床上，精疲力竭，意志消沉，你双眼紧闭，双臂紧抱你的枕头：那不属于自己的枕头。没有什么属于你……

你陷入昏睡，甚至陷入了那个梦境深处，那是你唯一的出路，你拒绝疯狂的唯一出路。"她疯了，她疯了，"你不断呢喃着自我催眠，一遍遍描绘那个用虚无的刀在空气中剥虚无的山羊皮的老妇人的形象，"……她疯了……"

在黑暗深渊的尽头，在你静默、毫不设防的梦里，你将看到，她悄无声息地向你逼近。从深渊的黑暗尽头，你将看到她爬行而来。

悄无声息，

她晃动她那干枯的手，逼近你，直至她的脸贴上你的脸，直至你看到老妇人出血的牙龈，那些没有牙齿的牙龈，你不禁尖叫，她又远离你而去，挥动着她的手，沿着深渊撒播那些从血渍斑斑的围裙里接连掏出的泛黄的牙齿。

你的叫喊是奥拉尖叫的回声，在梦里，奥拉在你的前面，她尖叫是因为几只手将她的绿色塔夫绸裙子从中间撕开，

于是，那个光秃的脑袋，

双手抓着破碎的裙衫，转向你，无声地笑着，老女人的牙齿重叠于她的牙齿之上，奥拉的双腿，她光着的双腿，跌落，破碎，飞向深渊……

你听到门上的敲击声，而后是铃声，晚餐的铃声。头部传来的痛感让你无法看清时钟的指针，上面的数字。你只是知道天色已晚：就在你倚靠着的脑袋

上方，夜晚的云朵从天窗外飘过。你痛苦地坐起身来，只觉茫然，饥肠辘辘。你将玻璃壶放在浴缸的水龙头下，等着水流把水壶装满，而后拿起，将水倒进洗手池中洗脸，把绿色牙膏挤在旧牙刷上刷牙，打湿头发——没有意识到你应该颠倒顺序来做——你在胡桃木衣橱上的椭圆形镜子前仔细梳理好头发，系好领带，套上西装外套，下楼来到餐厅，发现空无一人，只摆放了一套餐具：给你的。

在你的餐盘旁边，在餐巾下面，那个你用手指摩挲的物件，是个破布缝制、不甚结实的娃娃，里面塞满面粉，面粉从脱线的肩膀处漏出些许：中国墨水描画的脸，赤裸的身体，细节处寥寥数笔。你用右手吃着冷却的晚餐——腰子、番茄、葡萄酒——左手手指

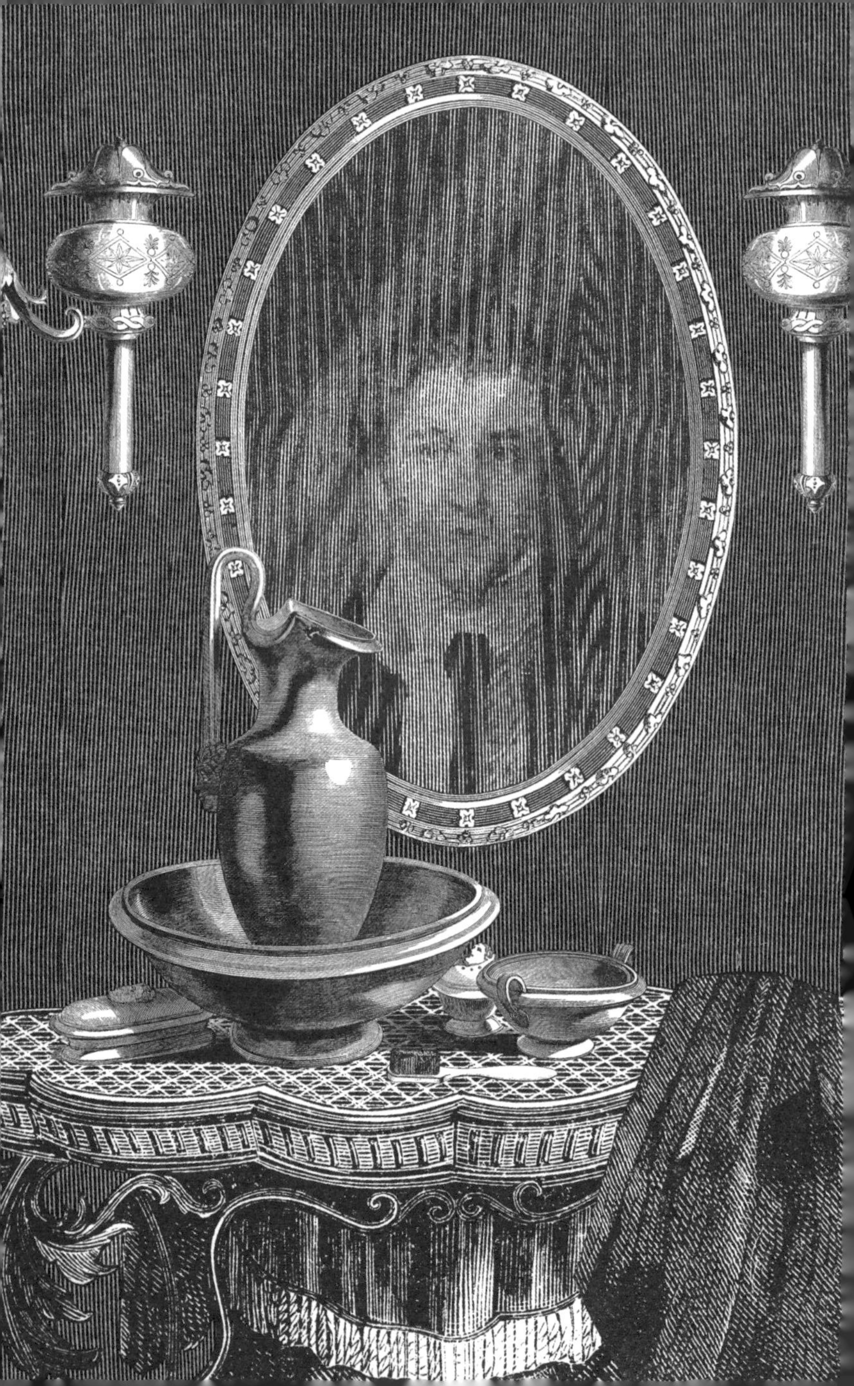

攥着那个布娃娃。

你机械地进餐,左手持布娃娃,右手持叉子,起初你并未意识到自己的这种催眠状态,而后,在你那压抑的午睡里,在你那噩梦中,你隐约窥明原由,最终你梦游的行为与奥拉、与老妇人的行为如出一辙:厌恶地盯着你手指摩挲的那个可怖的小布娃娃时,你开始怀疑它身上有一种隐秘的疾病,一种传染病。你任由它掉落地上。你用餐巾擦拭了嘴。你看了看手表,记起奥拉约了你去她的房间。

你小心翼翼地靠近康苏埃洛夫人的房门,没听到任何声响。你又看了看表:还不到九点。你决定下楼去,到那个带顶棚的天井。你摸索着往下走,漆黑一片。从你来到这所房子,穿过当时你并未细观的天井的那天起，你就没再踏足过那里。

你摸着湿漉漉、黏糊糊的墙壁，呼吸着香气弥漫的空气，你想要分解你嗅到的成分，想要辨识出将你包裹的浓郁而奢靡的香气。点燃的火柴亮起，火光摇曳，照亮了那个狭窄、潮湿、瓷砖铺就的天井。它两侧松散发红的土地边缘处播种的植物生长着。你分辨出那些高大、多枝的形状，它们在快燃尽的火柴光中投下自己的影子，火柴灼到了你的手指，你只得再燃一根，末了，你识别出那些你记得旧编年史中曾提及的花朵、果实和根茎。被遗忘的各种药草散发着芬芳，蔫头耷脑地生长着：天仙子那又宽又长、豁开的、毛茸茸的叶子；葡萄藤状的根茎上绽开的外黄内红的花朵；蜀羊泉那尖尖的心形叶子；茄属植物锋利的心形叶子；毒鱼草那灰白的绒毛，穗状的花朵；欧卫矛那枝叶繁茂的灌木丛及其上白色的花朵；还有颠茄。它们在你燃起的火柴光中重获生机，随影摇曳，而你也在脑海里重温了这些植物散瞳、止痛、助产、镇定、麻痹以及抚慰等各种用途。

当第三根火柴熄灭时，只有香气与你为伴了。你迈着缓慢的步子上楼，至前厅时，你再次将耳朵贴在康苏埃洛夫人的房门上，而后，你，踮起脚尖，继续走至奥拉的门前：你未提前打招呼，直接推门而入。你踏入那间空荡荡的房间，其间一个光圈照亮着那张床，以及一个大的墨西哥式的耶稣受难像，当房门重又关上时，那个女人将迎你而来。

奥拉身着绿色，是那件塔夫绸睡袍。随着女人走

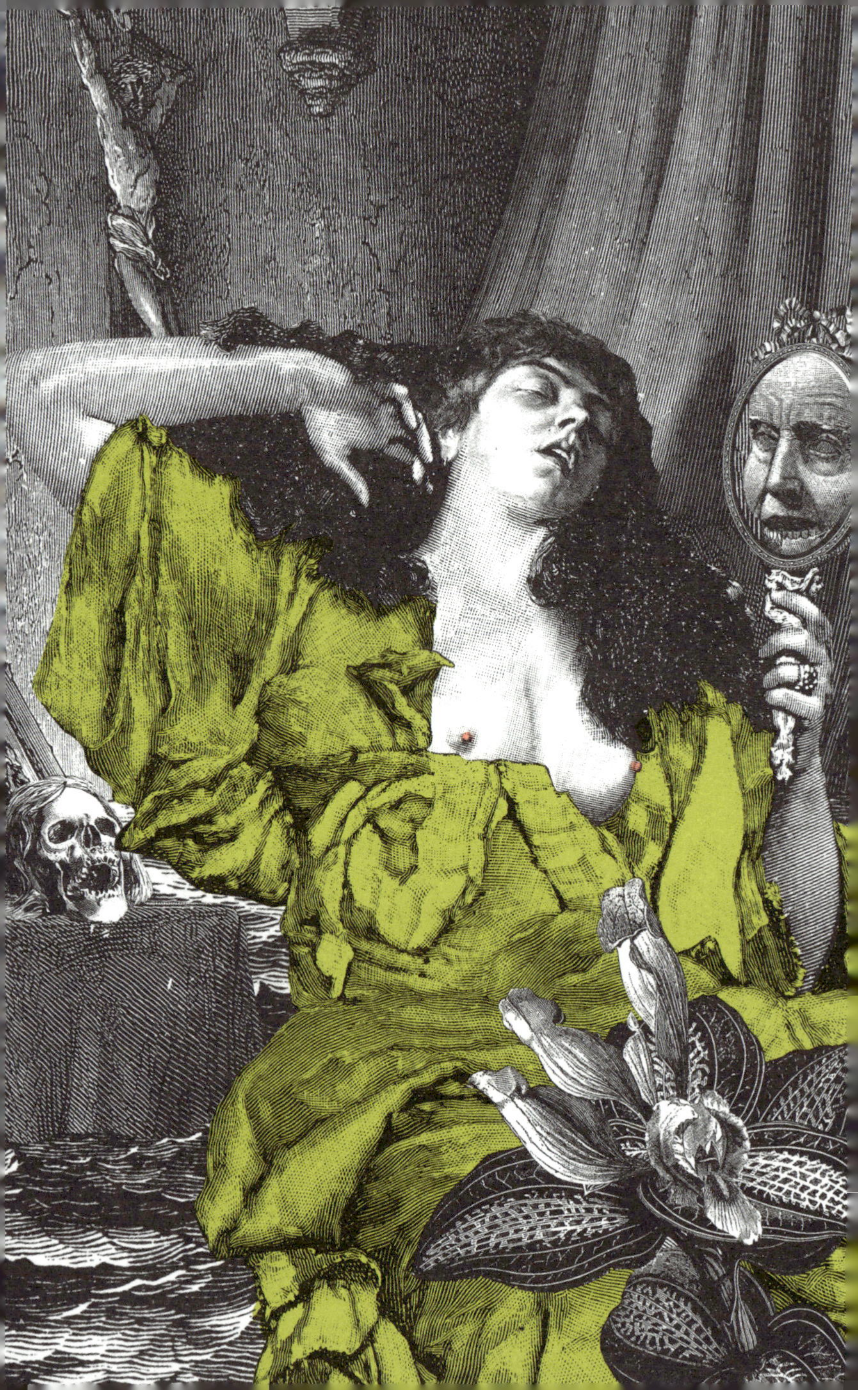

向你，从睡袍里露出洁白如月的大腿；女人，当她离你很近时，你将在心里重复一遍，是女人，而非昨日的少女。昨日的少女——当你触摸她的手指，她的腰肢——她至多二十岁；而今天的女人——你抚摸着她披散的黑发，苍白的脸颊——看上去有四十岁。从昨日到今天，她绿色眼眸的周围变得有些僵硬；朱唇也已暗淡，变形，就仿佛想要定格一种愉悦的苦相，一种似笑非笑的神情：如天井中的植物，在蜂蜜的味道和苦涩的味道之间交替变换。你无暇思虑更多：

"请床上坐，费利佩。"

"好。"

"让我们来玩游戏。你什么都不用做。一切都交于我。"

你坐在床上，试图辨认出那发散的乳白色光源，因它几乎让你无法分辨清楚物品、奥拉以及将他们都包裹其中的金色氛围。她会看到你抬起头，寻找那个光源。循着声音，你知道她正跪在你面前：

"天空不高也不低。它既在我们之上也在我们之下。"

她将脱掉你的鞋子、袜子，她将爱抚你赤裸的双足。

你感觉到温暖的水沐浴着你的脚掌，抚慰着它们，而她用一块厚布在为你清洗，并不动声色地瞥了黑色的木质基督像几眼，末了，她放开你的脚，拉起你的手，在她松散的头发上别上几朵紫罗兰花苞，将你拥入怀中，低声哼唱着那动听的旋律，那让你与她翩翩起舞的华尔兹。你沉浸在她的耳语中，伴着非常舒缓而庄严、由她主导的节奏翩然旋转，竟未觉出她双手的轻柔动作，它们解开你的衬衫，抚摸你的胸膛，摸寻你的后背，似要嵌入其中。你也轻声哼唱着那没有歌词的乐曲，那从喉咙自然涌出的旋律。你们不停旋转，一步步接近床铺，你那落在奥拉唇上热切的吻窒息了呢喃轻唱的歌声，你那落在奥拉肩膀和乳房上急迫的吻终止了舞步。

你双手捧着空荡荡的睡袍。奥拉，蹲在床上，将那个东西放在她紧闭的大腿间，她爱抚着它，用另一只手呼唤着你。她抚摸着那节细长的圣饼，在大腿上将它掰开，毫不在意自胯部滚落的圣饼屑，她递给你一半的圣饼，你拿起来，和她同时把一半圣饼送到嘴里，你艰难下咽。你倒在奥拉赤裸的身体上，倒在她张开的双臂上，那从床的一端延伸至另一端的双臂上，就如那悬挂于墙上,身裹猩红色丝袍的黑色基督像:他的双膝打开,肋骨处有伤,欧石楠荆冠戴在黑色的蓬乱的假发上,其间点缀着银色箔片。奥拉将状如祭台。

你在奥拉的耳边低唤她的名字。你感觉到女人丰润的双臂紧紧环抱你的后背。你听到她温暖的声音响在耳侧:

"你会永远爱我吗?"

"永远,奥拉,我将永远爱你。"

"永远?你对我发誓吗?"

"我对你发誓。"

"纵使我老去?纵使我美貌不在?纵使我银发满头?"

"永远,我亲爱的,永远。"

"纵使我死了,费利佩?你会永远爱我,纵使我死了?"

"永远,永远。我对你发誓。无论什么都无法将你我分开。"

"来吧,费利佩,来吧……"

一醒来,你就探寻奥拉的后背,却只触到那依然温热的枕头,以及包裹着你的白色被单。

你再次低唤她的名字。

你睁开双眼:看到她面露微笑,站在床脚边,但并未看向你。你看到她慢慢走向房间的一个角落,席地而坐,将她的手臂放在隐现于你想要穿透的黑暗中的黑色膝盖上,抚摸着从渐渐清晰的黑暗深处伸出的皱巴巴的手:她在老夫人康苏埃洛的脚边,而老妇人正坐在你还是第一次注意到的扶手椅上。康苏埃洛夫人向你微笑着点点头,与老妇人同时微笑点头的还有一旁的奥拉:她俩都对你微笑,表达谢意。你躺着,精神不济,你想到老妇人一直都在房间里,你记起她的动作,她的声音,她的舞步,即便你不想承认她刚才一直在场。

她们二人将同时起身,康苏埃洛是从椅子上,奥拉是从地板上。她俩将一起转身,不紧不慢地走向与老妇人房间相通的那扇门,将一起回到那个圣像前灯光摇曳的房间,关上身后的房门,将你留在奥拉的床上。

五

你睡得疲惫,很不踏实。因为在梦境里你感受到了那种莫名的忧伤,那种胸腔里的压迫感,那种连你的想象都无法捕捉的悲伤。成为了奥拉房间的主人,你在孤独中沉睡,远离那个你将认为自己已占有的身体。

当你醒来后,你在房间里寻找另一个存在,你知道那不是让你躁动的奥拉的存在,而是自昨晚渐生的某种双重存在。你的双手抚上太阳穴,试图平复你混乱的感官:那挫败的悲伤在低沉的声音中,在对预感不可捉摸的回忆中向你暗示,你在寻找你的另一半,昨晚无果的孕育生发出你自己的二重身。

你不再深想,因为有比想象更强大的东西:习惯。它迫使你起床,去找与卧室配套的浴室,并未寻到,于是,你揉着眼皮走出房间,一边上到二楼一边品味舌头柔软的酸味,你抚摸着胡子拉碴的面颊走进自己的卧室,打开浴缸水龙头,泡进温热的水里,放空自己,不再多想。

当你擦干身体时,你将会想起那对拥在一起对你微笑的老妇人和年轻姑娘,在她们一起离开前,她们拥在一起。你一遍遍对自己说,当她们在一起时,两人所做完全一样，她们拥抱，微笑，吃饭，说话，她们同时进出，好像一个人在模仿另一个人，好像一个人的存在取决于另一个人的意志。你在心中琢磨着这些事情，刮脸时刮破了一点脸颊。你极力控制自己不去想。你洗漱完，开始清点药柜里的物品，那些你从未得见的仆人从你家中带来的瓶瓶管管：你叨咕着这些物品的名字，拿起它们，看上面的成分和使用说明书，以及生产商标，你专注于此以忘记另外一件事情，一件没有名字、没有商标，也不能以常理度之的事情。奥拉对你究竟有怎样的期许？最终，你用力一下子关上药柜门，不禁自问：她想要什么？

回答你的是穿过走廊传来的沉闷铃声，提醒你早餐已备好。你，赤裸着上身走到门口，一开门，你看

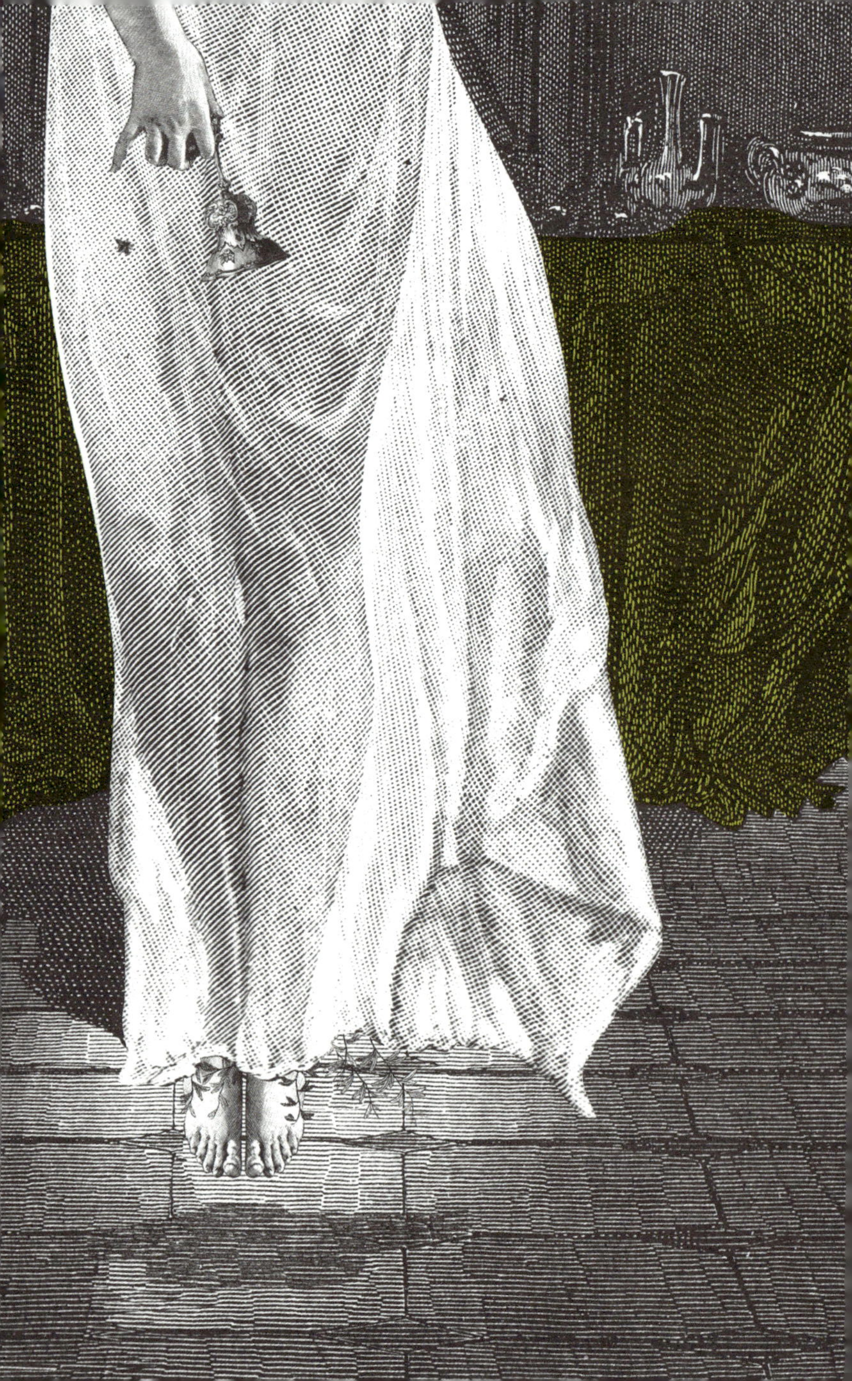

见奥拉：应是奥拉，因为她穿着惯常的绿色塔夫绸，尽管一方绿色的面纱遮住了她的容貌。你伸手抓住女人的手腕，那颤抖的纤细手腕……

"早餐备好了……"她将用你从未听过的最轻的声音对你说。

"奥拉。别再欺瞒了。"

"欺瞒？"

"告诉我，康苏埃洛夫人是否不许你出去，不许你过自己的生活；她为什么一定要在那儿，当你我……？告诉我她为什么要在场？告诉我你会和我一起离开，只等……"

"离开？去哪里？"

"外面，外面的世界。去一起生活。你不能觉得要永远和你姑妈拴在一起……你为何如此付出？你就那么爱她吗？"

"爱她……"

"没错；但为什么要这样牺牲自己？"

"爱她？是她爱我。是她为我牺牲了自己。"

"但她已是个老妇人，几乎是一具尸身；你不能……"

"她比我更有生命力。是的，她年老，讨人厌……费利佩，我不想回到……我不想像她一样……另一个……"

"她试图埋葬你的生活。你必须重生，奥拉……"

"须得先死才能重生……不，你不明白。忘了吧，费利佩；相信我。"

"如果你给我解释……"

"相信我。她今日要出门一整天……"

"她？"

"是的，另一个。"

"她要出门？但她从未……"

"是的，但有时候她会出门。须得费上一番劲才能出门。今日她就要出去。一整天……你和我可以……"

"离开？"

"如果你想……"

"不，或许还未到时候。我受聘完成这项工作……工作一结束，那时可以……"

"哦，好。她要出门一整天。我们可以做点什么……"

"什么？"

"今晚我在姑妈的房间等你。像往常一样等你。"

她将转过身，摇着铃铛走开，就如那些麻风病人，手拿铃铛昭告他们的到来，警示那些鲁莽之人："让开，快让开。"你穿好衬衫和外套，跟随着那只在你前面朝餐厅引路的铃铛发出的不连续的铃声。一踏进前厅，你便不再听到铃声：她朝你迎面走来，驼着背，身体支撑在一根多结的拐杖上，是略伦特的遗孀，正从餐厅里走出来，她瘦瘦小小，满脸皱纹，穿着那件白色连衣裙，戴着那条破损的、染过的纱巾，从你身边走过，没看你一眼，一边还用手帕擤鼻涕，不停地擤鼻涕，吐口水，嘴里嘟嘟囔囔：

"今日我不在家，蒙特罗先生。我相信您的工作。您抓紧。我丈夫的回忆录还得出版。"

她将离开，那双旧布娃娃似的小脚踩着地毯，手挂拐杖，她不断地吐痰，打喷嚏，就仿若她想从呼吸道、从她堵塞的肺部排出些什么。你决意不再目送她远离,你遏制住自己对那件发黄的婚纱的好奇,那件从她屋内旧衣箱底抽取出的婚纱……

你只轻啜了一口在餐厅候你多时、已冷掉的黑咖啡。你在老旧的尖顶高脚椅上坐了一个小时,一边抽烟,一边等待永远不会传来的声响,直至你确定老妇人已离开了房子,不会撞破你。因为在你握紧的拳头里,有一把攥了一小时的大箱子的钥匙。此刻,你悄无声息地走向客厅,前厅,在那里你等了十五分钟——你的手表会告诉你时间——期间你的耳朵紧贴着康苏埃洛夫人的房门,之后,你立即轻轻推开门,直到你看见,在那些虔诚的灯光织就的蜘蛛网后面的,那张空荡荡、乱糟糟的床,那只雌兔正在上面啃咬着生胡萝卜。此刻你抚摸的这张床上总是撒着碎屑,你抚摸着,就仿佛你相信那个非常瘦小的老夫人会藏在床单的褶皱中。

你走至角落处的箱子前,你踩到了一只老鼠的尾巴,它尖叫着,逃离你鞋底的压迫,跑开去警告其他的老鼠。与此同时,你的手将铜钥匙靠近那把沉重、生锈的锁。一插入钥匙,金属锁便发出咔哒声。你取下挂锁,掀开箱盖,听到生锈的铰链发出的声响。你从回忆录中取出第三卷时——上面系着红色的绑带——发现了那些已经发硬、边缘开始蛀蚀的老照片,你将它们也一并拿起,没再细看,就将这所有的宝藏紧贴胸口,悄然逃离,甚至忘了老鼠的饥饿,未将箱盖合上。你跨过门槛,关上房门,紧靠在前厅的墙上,

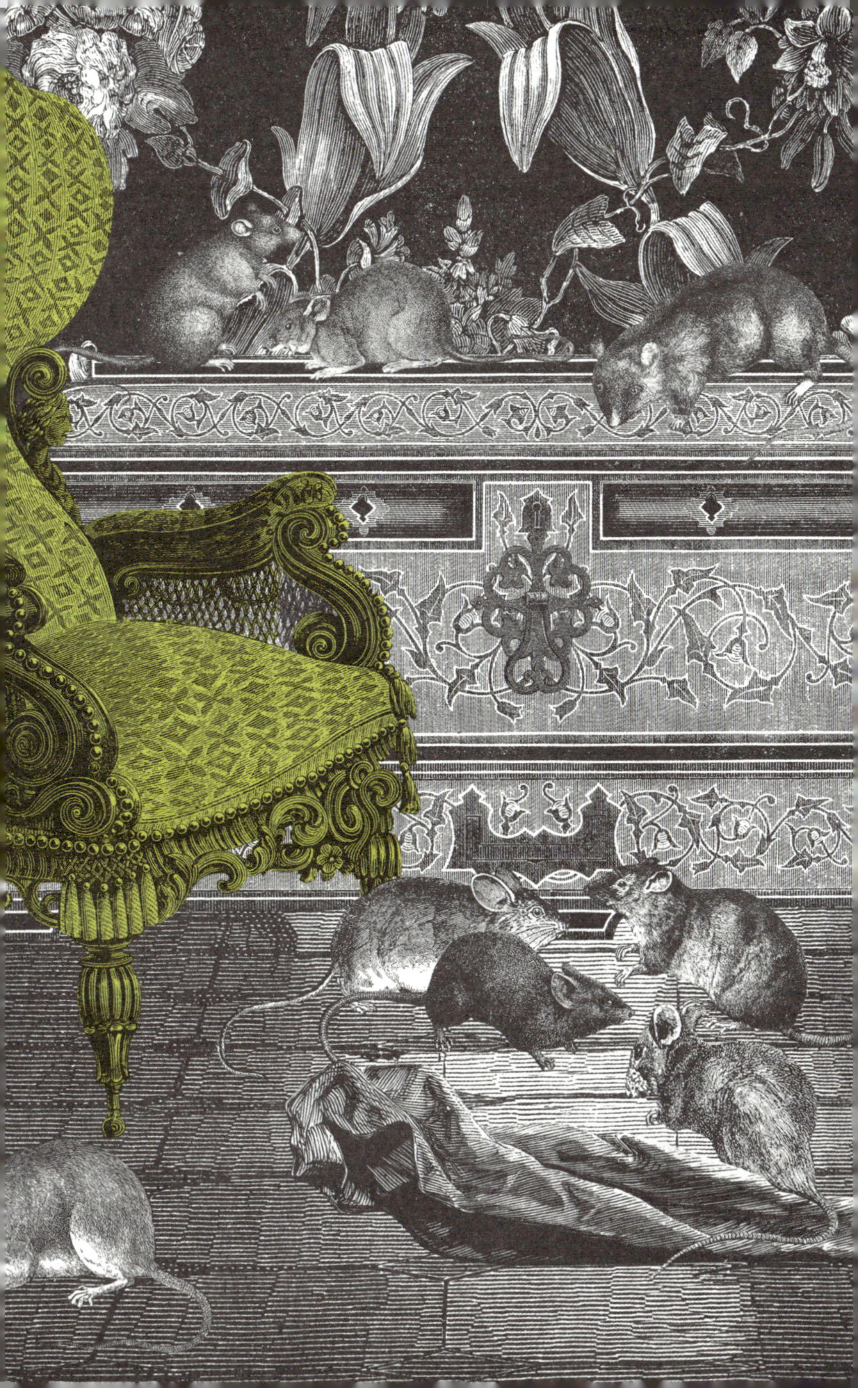

待心神稍定，便上楼回到自己的房间。

在房间里，你将阅读这些新的手稿，那由世纪末不同的日期构成的续篇。略伦特将军用他最华丽的语言描述了欧仁妮·德·蒙蒂霍[1]的性情，以及他对"拿破仑小人"[2]这个人物所倾注的所有崇敬。他遣词造句、斗志昂扬地宣传普法战争[3]，而面对战败又尽抒苦痛之言。他鼓动有荣誉感的人反抗共和国[4]的怪

---

1 欧仁妮·德·蒙蒂霍（1826—1920），出生于西班牙格拉纳达，是法兰西第二帝国拿破仑三世的妻子和法国最后一位皇后。
2 "拿破仑小人"指的就是拿破仑三世，该称谓与"拿破仑大帝"（即拿破仑一世）相对立，带有谴责和嘲讽之意。据说这一称谓是法国大文豪雨果的发明。
3 1870年爆发的普法战争，被法国称为法德战争，被德国称为德法战争，是普鲁士王国为了统一德国，并与法兰西第二帝国争夺欧洲大陆霸权而爆发的战争。战争由法国发动，最后以普鲁士大获全胜，建立德意志帝国而告终。
4 指的是法兰西第三共和国，1870年9月4日取代法兰西第二帝国，在1870年至1940年间是法国的正统政府。

物，他在布朗热将军[1]身上看到一线希望之光，他为墨西哥叹息，他感觉，在德雷福斯事件[2]中，军队的荣誉——永远是荣誉——再一次占了上风……泛黄的纸页在你的碰触下破损，你已不再小心翼翼，你只想寻找绿眼睛女人的再次出现："我知道你为什么有时会哭泣，康苏埃洛。因为我没能让你生儿育女，而你是如此富有生命力……"之后："康苏埃洛，不要试探上帝。我们应该安守本分。我对你的爱还不够吗？我知

---

1 全名乔治·欧内斯特·让－马里·布朗热（1837—1891），是法国著名的军事家和政治家，于1887年至1889年间制造了"布朗热事件"，这是一起反对第三共和国、企图复辟的阴谋政变事件。
2 1894年，一名犹太裔法国军官阿尔弗雷德·德雷福斯被误判叛国，当时法国从上到下分裂成赞成重审和反对重审两派，斗争异常激烈，整个法国陷入一场严重的社会和政治危机，史称德雷福斯事件或德雷福斯冤案。其实质是法国军方高层和军事法庭基于反犹偏见、以"爱国""荣誉"为幌子掩盖自身丑闻并捏造事实的一起诬告案，反映了当时法国军队领袖们的专横跋扈以及法国军界浓重的反犹氛围。

道你爱我,对此我能感受到。我不要求你顺从,因为那会冒犯你。我求你,仅仅求你,在你所说的对我的伟大爱情中,看到某种满足,某种可以充盈我们彼此而无需求助于病态想象力的满足……"在另一页上:"我提醒康苏埃洛,那些药剂毫无用处。可她坚持在花园里种植她那些植物,说她没有自欺欺人,那些药草不会肥沃她的身体,但会富饶她的灵魂……"再往后看:"我发现她神志不清,抱着枕头,不停呼喊:'是的,是的,我做到了:我已赋予她身体;我可以召唤她,我可以用我的生命赋予她生命。'我不得不找来医生。医生对我说他无法让她平静下来,因为她的情绪恰恰是由于受到了麻醉剂的影响,而非源自兴奋剂的作用……"最后的部分:"今天我发现她,在清晨时分，光着脚沿走廊独自踱步。我想要阻止。她经过我的身侧，未正眼看我，但是，她的话是对我说的。'别阻拦我，'她说，'我在迈向我的青春，我的青春也迎我而来。它已经进来了，在花园里，就要到了……'康苏埃洛，可怜的康苏埃洛……康苏埃洛，魔鬼以前也曾是天使……"

不再有更多。略伦特将军的回忆录结束于此：康苏埃洛，魔鬼以前也曾是天使……

在最后一页纸之后是那些肖像。那位老绅士的肖像，他身着军服，旧照片的角上写有文字：红磨坊摄影，奥斯曼大道35号，日期是一八九四年。还有奥拉的照片：有着绿色眼眸的奥拉的照片，照片上她黑丝般的头发卷曲束起，她斜倚在一根陶立克式立柱上，背景是画上去的莱茵河畔的罗蕾莱[1],她连衣裙的扣子扣至脖颈,带裙撑,她一只手拿着手帕。照片上用白色墨水写着:奥拉,一八七六年。在背后,银版照片的折叠纸板上,是一行状似蜘蛛的文字:摄于我们结婚十周年。还有签名:康苏埃洛·略伦特。字体一样。在第三张照片中,你将看到奥拉有老绅士相伴,此刻他身着便装,两人坐在某个花园的长椅上。照片有些许模糊:奥拉看起来将不像第一张照片中那么年轻,但确实是她;确实是他,他……是你。

你把那些照片贴近双眼,将它们举向天窗:你用一只手遮住略伦特将军的白胡子,想象他满头青丝的

---

[1] 罗蕾莱原指莱茵河上一块能发出回声的悬岩,后被比喻为一个美丽的女妖。

模样，于是，你看到了自己，模糊，褪色，被人遗忘，但那就是你，你，你。

你头晕目眩，遥远的华尔兹旋律充满脑海，取代了你的视觉、触觉以及对那潮湿的散发芳香的植物的嗅觉。你筋疲力尽地倒在床上，你抚摸自己的颧骨、眼睛、鼻子，就仿佛是在害怕一只无形的手会撕下你已经戴了二十七年的面具：这张由橡胶和纸板做成的五官组成的面具，四分之一个世纪以来一直在遮蔽你的真容，你古老的脸庞，你曾经拥有但已然忘却的面容。你把脸藏进枕头里，试图防止空气扯下此刻属于你的五官，你自己想要的五官。你的脸一直埋在枕头里，你在枕头后面睁着双眼，等待即将到来的你无法阻止的事情。你不会再看自己的手表，那是人类出于其虚荣心妄图误测时间的无用之物,那些指针令人厌烦地标记漫长的、被发明出的时刻,以此迷惑真正的时间,那以侮辱性的、致命的速度流逝的时间,任何时钟都无法计量的时间。一生,一个世纪,五十年:你将再也无法想象那些虚假的尺度,你将再也无法捧起那些无形的尘埃。

一与枕头分开,你将会发现四周被巨大的黑暗笼罩。夜幕已降临。

夜幕已降临。高高的天窗上面,乌云将飞快地流动,扯裂那正努力要驱散它们并探出苍白、带笑、圆润面庞的朦胧月亮。月亮将露出脸来,在乌黑的水汽再次遮住它之前。

你将不再等待。将不再看你的手表。你将迅速走下梯阶，它们带你离开那个散落着旧纸页、褪色的银版照片的囚笼；你将会下到走廊，将会停在康苏埃洛夫人的房门前，你将听到自己的声音，那经过如此多个小时的静默变得嘶哑、走样的声音：

"奥拉……"

你将再次低唤："奥拉……"

你将进入屋内。烛台的灯火已全部熄灭。你将记起老妇人一整日都不在家，而蜡烛，离开那个虔诚女人的照看，会燃烧殆尽。你将在黑暗中，朝着那张床走去。你将再次出声：

"奥拉……"

然后，你将听到鸭绒被上传来塔夫绸轻微的沙沙声，和陪伴你的另一个呼吸声。你将伸出手想要触碰

奥拉的绿色睡袍;你将听到奥拉的声音:

"别……别碰我……在我身边躺下……"

你将摸到床沿,抬起双腿,躺下,一动不动。你将不可避免地感到一阵战栗:

"她随时都可能回来……"

"她不会回来了。"

"永不?"

"我倦极了。她已耗尽了。我从未能让她在我身边待着超过三天。"

"奥拉……"

你将想要把手贴近奥拉的乳房。而她会转过身去:你将通过她声音传来的距离知晓这一点。

"不……不要碰我……"

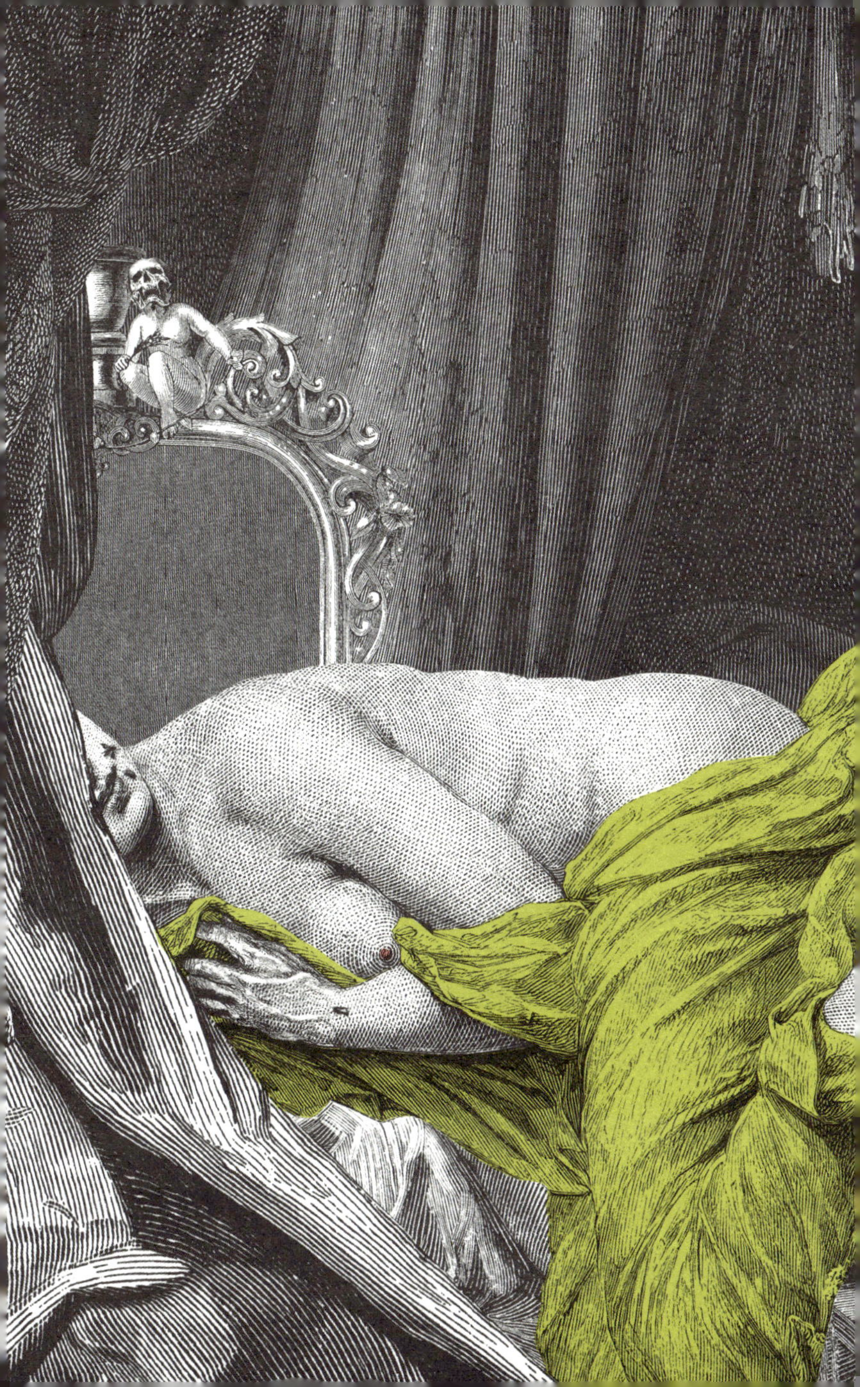

"奥拉……我爱你。"

"是的,你爱我。你会永远爱我,你昨天说……"

"我会永远爱你。没有你的吻,你的身体,我活不下去……"

"吻我的脸;只吻脸。"

你的嘴唇将会贴近那斜依在你头侧的脑袋,你将再次抚摸奥拉的长发,你将狠狠抓住柔弱女人的肩膀,不理会她尖锐的怨怼;你将撕下她的塔夫绸长袍,你将拥抱她,感受到她的赤裸,瘦小,感受到她迷失在你的怀抱,失去力量;你将无视她抵抗的呻吟,她无能为力的呜咽,你将亲吻她脸上的肌肤,心无旁骛,不去分辨;你将触碰那松弛的乳房。此时,穿透进来的轻柔光线惊扰到你,那光迫使你挪开脸去寻找让月光开始照进来的墙上的裂缝，那是被老鼠打开的裂缝。那个墙眼让银色的月光滤进，落在奥拉的白发上，落在那张如剥离的洋葱皮般的脸上，苍白，干燥，爬满皱纹，好似一只煮熟的洋李。你将让自己的双唇离开那先前一直在亲吻的干瘪的嘴唇，在你面前露出的没有牙齿的牙龈；你将在月光下看到老妇人，康苏埃洛夫人赤裸的身体，松垮，破碎，瘦小而古老，微微地颤抖着，因你的触碰，因你爱它，也因你已回归……

你将睁着双眼将头埋入康苏埃洛的银丝中，当月亮游过，被云朵遮蔽，你们也隐入黑暗中。空气中，有那么一刻，弥漫着青春的记忆，有形的记忆。

"她将回来，费利佩，我们将一起把她带回来。你容我恢复体力，我将让她回来……"

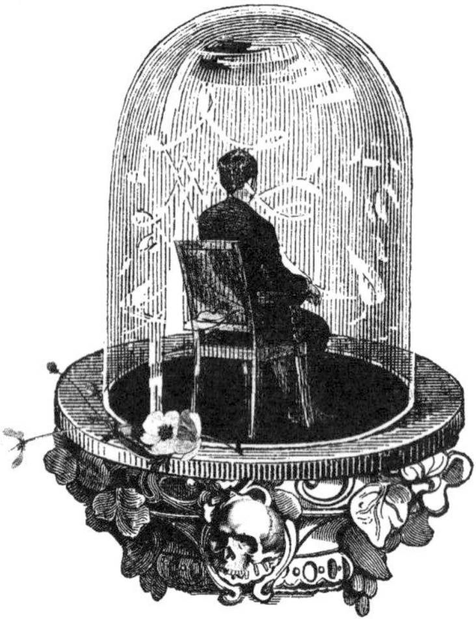

译后记

"开始讲一个故事就像是和一个素昧平生的人调情。几乎每个故事的开头都是一根骨头,用这根骨头逗引女人的狗,而那条狗又使你接近那个女人。"阿摩司·奥兹在其文学随笔集《故事开始了》中说道,"还记得契诃夫的小说《带狗的女人》里的古罗夫吗?古罗夫朝那只小狗一次又一次晃动手指头,示意它过来,直到那女人脸一红,说:'它不咬人。'于是古罗夫就请求她准许他给那条狗一根骨头。这就给古罗夫和契诃夫他们两个人一条可以遵循的思路;他们开始眉目传情，故事也就开始了。"奥兹对于故事开篇的比喻无疑是生动的，这样的开篇散发着迂回的暧昧，也保持着适度的分寸和距离。

然而，并不是所有的故事都会先抛出一根迂回的骨头，很有可能的画面是：直接抱走女人的狗；要追回自己的爱犬吗？那还用问？于是，女人急追而去；追至跟前，惊觉已踏入另一方天地。这就是《奥拉》式的开篇，不要分寸，不要暧昧，不要调情，它抛出的是不容抗拒的"熟稔"，要的是别无选择的"同谋"。"你（费利佩·蒙特罗）"翻看报纸，读了一则广告，来到了东塞莱斯街815号。"你（读者）"打开《奥拉》，读出了第一个字：你。这是一个被施了魔法的字眼，每一位读到它的人宛若被定了身，不能逃离，只能如费利佩一般被召唤共同开启这个故事的不同的"你"的版本。而这一切要追溯至一个具体的年份：1962年，那一年，《奥拉》面世。

富恩特斯写作生涯中不乏有重要意义的年份,但1962年却又是不同的,这一年可以称之为"富恩特斯年"。因为在这一年,除了《奥拉》之外,富恩特斯还出版了为其奠定文坛巨擘地位的长篇小说《阿尔特米奥·克罗斯之死》。此书被公认为是开启西班牙语美洲新小说、推动拉美"文学爆炸"的伟大作品之一。作品甫一出版,就获得了极大的成功,很快被翻译成20余种语言,对当时的墨西哥、拉美及世界文坛产生了重要而深远的影响,其三种人称、三种时态之间娴熟而富含深意的转换使得作品有着独具一格的艺术特征和美学风格。同年面世的《奥拉》则是富恩特斯最畅销的作品,这部只有短短几十页的中篇小说,极富阐释魅力,跨越不同的年代,超越不同的年龄,经久不衰地被阅读着,有着非同一般的影响力。很难对两部作品做出孰高孰低的比较,显而易见,它们在不同的层面和意义上都被认可和喜爱。对此,著名学者胡里奥·奥尔特加（Julio Ortega）曾这样评价："这样的情况是不多见的，一位叙事作家能够在同一年里出版两部完美的叙事作品，两部大师级的作品：1962年出版的《奥拉》和《阿尔特米奥·克罗斯之死》，直到今日还在被阅读，就好像是出版于现下一般。"在给富恩特斯的一封信中，科塔萨尔也对两部小说在同一年出版的巧合感到惊讶，因为他觉得它们风格迥异，不过科塔萨尔更偏爱第一部小说的奇幻特质。这两部作品同一年出现也并非全无缘由，富恩特斯自己曾言，《奥拉》是一部关于死之生的作品，而《阿尔特米奥·克罗斯之死》则是一部关于生之死的作品。两部作品中第二人称"你"的视角既是一种自己的也是一种他人的视角，让人们能够轻易地穿梭于不同的时间，甚至是穿越死亡……这一年的富恩特斯非常活跃，他认识了聂鲁达、何塞·多诺索、马里奥·贝内德蒂等众多作家并与他们建立了长久的文学情谊。"或许这是我生命中最全盛的一年,那时我在更好地爱着、写着、奋斗着……"1962年,富恩特斯34岁。

头角峥嵘的富恩特斯实至名归。正如研究者所观察到的,富恩特斯在年轻时便写出了他最成熟、最严密、最可信的作品,而年长时的写作却更富有少年气。这一点也深刻地体现在《奥拉》的创作中。毋庸置疑,《奥拉》是富恩特斯年少时的老成之作,自问世以来,它不仅拥有众多代际相隔的读者,也是富恩特斯的研究学者和批评家最为关注的文本之一。作品就如其中的人物一般,蕴含着无尽的可能性:现实与历史幽影的撕扯,哥特式文学的革新中爱与死的博弈,时间与反时间的对峙,个人记忆与民族历史的交织,二重身的枷锁和救赎,不同叙述声音的游戏,性别与权力关系的颠覆,神话、巫术、宗教的融合,永恒和形变,城市现代性的黑洞,阅读和写作的秘密,叙事结构的繁衍,文学的传统与创新,众多文本之间的互文与回音……随着被更多的读者阅读，省略号衍义的内容会更加丰富。

或许，我们可以先看看富恩特斯对《奥拉》的创作和阅读。这部作品写于1961年9月的巴黎，多年以后，富恩特斯在《论我自己的阅读与写作——我是如何写〈奥拉〉的》一文中"揭秘"其如何创作了《奥拉》。富恩特斯在文中强调了小说受到众多不同文本的影响，质疑文学创作的原创性概念。他说："原创性是现代性的弊病，这一现代性总是希望将自己看作某样新的事物，永远崭新的，以此不断地见证自身的新生。"于是，《奥拉》便拥有了众多的作者：西班牙文学黄金世纪的伟大诗人弗朗西斯科·德·克维多（Francisco de Quevedo），以无人能及的驾驭死亡和爱情主题的才华和诗作给予了《奥拉》诗学意境，赋予了这部小说以诗的灵魂。20世纪的日本导演沟口健二和18世纪的日本作家上田秋成，前者执导了电影《雨月物语》，它改编自后者所写的故事《夜归荒屋》，而在《奥拉》中能发现那些在电影和书中展露的意象和主题：生死之界的跨越、遗忘是死亡最初的形式、至死的等待和守候。美国作家亨利·詹姆斯、英国作家狄更斯、俄国作家普希金，他们的作品《阿斯彭文稿》《远大前程》《黑桃皇后》和《奥拉》有着相同的结构：两个女人（一老一少）和一个年轻男人之间的故事，它们同属一个神话谱系家族。还有19世纪法国著名史学家儒勒·米什莱，看看《奥拉》的引言，难道不是对康苏埃洛夫人/奥拉最贴切的定义吗？到此就结束了吗？答案是否定的，因为《奥拉》的作者名单还要继续延伸下去。在写完《奥拉》的四年后，富恩特斯在意大利罗马的一家旧书店里发现了一本意大利语版本的日本故事集《御伽婢子》，这本故事集刊行于1666年，比上田秋成的故事早了整整二百年，比沟口健二的电影早了近三百年。上田秋成的故事以及沟口健二的电影都来自这本故事集,而这些日本故事又是来源于非常久远的中国故事集,确切而言,《夜归荒屋》翻写自其中一则名为《爱卿传》的故事。《剪灯新话》于明代洪武十一年(1378年)编订成册,作者是当时的钱塘诗人瞿佑。瞿佑是《爱卿传》的作者,因此,他也成为了《奥拉》的作者。面对这部中国的传奇故事集,富恩特斯发出了这样的感叹,或者说是感悟:

"我,或是其他任何人能否超越《爱卿传》,去探究这个最终故事所蕴含的众多来源和无数涌动的泉源:最古老的中国文学传统,那股跨越几个世纪的叙事潮流,低语着它永恒的主题——超自然的处女、致命的女子、幽灵新娘、重聚的恋人?

"我随即明白,我的答案只能是否定的,但与此同时,所发生的一切却恰恰印证了我最初的意图:《奥拉》诞生于这个世界,正是为了延续女巫的世代传承。"

富恩特斯对《奥拉》创作历程的梳理可看作一种文

学宣言,是对作家诸多文学观念的呼应。富恩特斯是作者,也是读者,"每位读者都在创造自己的书,将写作这一有限的行为转化为阅读这一无限的行为"。阅读延展了每一部作品的生命,富恩特斯的《奥拉》不正是这一观念的具象呈现吗?"所有伟大的作家、伟大的批评家和伟大的读者都知道不存在'孤儿文本':没有不继承其他文本的文本。"显而易见,《奥拉》是最好的例证,它是诸多文学前身的继承。"我很确信在文学中没有真正的新的主题,新意只是说如何来处理这些主题……"于是,《奥拉》营造了沉浸式的阅读场景,让每一位读者迷失其中,不断询问:你到底是谁?

就如作家喜爱的塞万提斯一样,他或许也是最鲜明的例证之一,在他身上体现了T.S.艾略特在《传统与个人才能》一文中的观点:伟大的作家重新创造孕育他们的传统。他重塑了传统,而传统又反过来重塑了他。

19世纪的歌德因为读到了一本中国的小说,有了关于民族文学和世界文学的观点:民族文学现在不再有太多的发言权,世界文学的时代已经来到。无需深究相关术语的内涵演变,有一点是清晰的,彼时的歌德意识到欧洲文学传统的偏狭,展示出了对"他者"文学的兴趣,并试图构建一种全球性的视野。20世纪的富恩特斯不论是从形式还是主题上,都超越了墨西哥的民族文学及拉丁美洲文学的传统边界,展现了极为广阔和慷慨的跨文化时空性,他以这样一种全球性的视野,完成了一部"世界文学"。在更抽象的意义上,甚至可以说,世界文学从歌德到富恩特斯,完成了从阅读到写作的宿命。只是,针对歌德对于民族文学的处境所持有的态度,富恩特斯以另一种方式给予了回应。

熟悉富恩特斯的读者会知道,这位并未生在墨西哥,也未长在墨西哥的作家终其一生都在为墨西哥写作，写墨西哥的历史、墨西哥的现实、墨西哥的未来。或许作家想要把墨西哥的一切囊括于笔端，《我们的土地》昭显了富恩特斯的文学野心和想要穷尽表达的努力，近千页的篇幅散发出骇人的气势。如果这就是最大的野心，那还真是小瞧了富恩特斯。他的心中早已在酝酿着更大的计划，一幅专属于富恩特斯的宏伟、壮阔、磅礴的"文学壁画"（乔治娜·加西亚·古铁雷斯·韦雷兹提出的概念），这幅壁画的名字叫做《时间纪元》，涵盖了从作家的第一部作品《戴面具的日子》（1954年）到作家身后出版的《阿喀琉斯，或游击队员和凶手》（2016年）的一系列作品，这所有的讲述凝结成一部承载富恩特斯雄心的"民族史诗"，史诗由十五个单元组成，每一单元都有自己的标题，这些标题或直接来自某部作品的名字，或是单独命名，在单独命名的单元标题之下又列有其他不同的作品名称。有趣的是，单元的顺序并不遵循每部作品实际问世的时间顺序，比如，《戴面具的日子》尽管出版年份最早，却被放在了第十单元。这倒是应和了学者对富恩特斯写作逻辑的看法：其作品的叙事时间并不遵循线性年代的逻辑，因此也无法用考古式的阅读方式来加以解析。相反，他的叙事时间是向前推进的，其开端并不在过去，而是在未来。

那么谁会是《时间纪元》的开篇呢？富恩特斯答曰：《奥拉》。

富恩特斯将《奥拉》放在第一单元的首篇，作为展开这幅鸿篇巨制的起点，其中的缘由，如研究者们的判断：《奥拉》是一个特殊的文本，是一部跨越生死边界的作品，正是在这样的意义上，《时间纪元》将得以延伸至生之前，死之后。因此，它也会超越时间的起点与终点——直至无限。或许这就是富恩特斯对时间的感知，与时间威胁的对抗，他将世间所有的时间捕捉编织进文字的世界中，让它们显露出本来的样子，即便彼此对立、消解。跨越生死，抵达无限时间的《奥拉》所在单元的名字是"时间之殇"。

《奥拉》作为开篇除了"时间"之因由，另一个原因就借由智利作家卡洛斯·弗朗斯对《奥拉》的评价来揭晓吧——"富有广度更具深度；既精悍又深邃；隐喻过去、无法被概括，除非使其具象化。然而，《奥拉》确实可被看作是某种综合体：它是卡洛斯·富恩特斯美学的凝练体现。在这位竭力试图向我们展示其诗学主张的作家的众多作品中，或许没有哪一部比这部简短的寓言更为贴切地表达了他的诗学理念。"

《奥拉》是综合，是核心。它不仅仅是无限的时间，更对富恩特斯其他作品形成了辐射之势，或者说是构建出了一个广阔的回音室，其中的主题、人物、形式甚至是氛围和气息都在其他的作品中弥散。无需过多展开，只消忆起小说中费利佩所吐露的心思："如果你设法攒够至少一万二千比索，你就能有近一年的时间投入到自己那耽搁至今、几乎被遗忘的著作。那是一部关于西班牙发现和征服美洲的伟大且全面的作品。一部汇集所有零散编年史并让其通俗易懂的大成之作，将黄金世纪所有的功绩与冒险，文艺复兴的人类典范与最伟大的成就皆诉诸笔端。"多年后，费利佩的宏图得以实现。富恩特斯为此证明："费利佩·蒙特罗，当然不是你。费利佩·蒙特罗是《我们的土地》唯一的作者。"

一部如此"小身躯"的作品确实不适宜过长的译后记，就让我们用一则发生在《奥拉》身上的真实事件结尾。斗转星移，从1961年《奥拉》成稿的巴黎来到2001年的墨西哥，时任劳工部长因其14岁的女儿在一所私立天主教学校被要求阅读富恩特斯的小说《奥拉》而大为震怒，这位高官宣称，这本书中有不宜阅读的描写，而他也有权利监管自己孩子的阅读内容。他要求将那位"不良"老师开除，将《奥拉》列为青少年禁书。这一事件在当年闹得沸沸扬扬，但最终，成为了一桩轶事。2008年，富恩特斯在瓜达拉哈拉国际书展上以轻松戏谑的口吻感谢了始作俑者，因为当年的审查风波让《奥拉》的销量意外飙升，在成为全国热点话题期间，每周销量高达两万册。据说，当时加西亚·马尔克斯的一本书也被列为禁书，于是，"难兄难弟"通了电话，老马说，卡洛斯，我们的书要大卖了。

2025年2月14日
长春

Carlos Fuentes
AURA
Copyright © 1962 by Carlos Fuentes
This edition arranged with BRANDT & HOCHMAN LITERARY AGENTS, INC.
through Big Apple Agency, Inc., Labuan, Malaysia.
Simplified Chinese edition copyright:
2025 SHANGHAI TRANSLATION PUBLISHING HOUSE (STPH)
All rights reserved.
© 2017, illustrations: Alejandra Acosta
© 2017, edition Libros del Zorro Rojo
Aura illustrated by Alejandra Acosta was originally published in Spanish by Libros del Zorro Rojo, Barcelona.

图字：09-2023-0619号

图书在版编目（CIP）数据

奥拉 /(墨) 卡洛斯·富恩特斯 (Carlos Fuentes)
著；张蕊译. -- 上海：上海译文出版社, 2025. 4.
ISBN 978-7-5327-9843-8
I.I731.45
中国国家版本馆CIP数据核字第2025JT5561号

奥拉
[墨] 卡洛斯·富恩特斯 著 张蕊 译
责任编辑 / 刘岁月 装帧设计 / 柴昊洲 插画 / 亚历杭德拉·阿科斯塔

上海译文出版社有限公司出版、发行
网址：www.yiwen.com.cn
201101 上海市闵行区号景路159弄B座
浙江中恒世纪印务有限公司印刷

开本 787×1092 1/32 印张 4 插页 4 字数 26,000
2025年4月第1版 2025年4月第1次印刷
印数：0,001—6,000册

ISBN 978-7-5327-9843-8
定价： 68.00元

本书中文简体字专有出版权归本社独家所有，非经本社同意不得转载、摘编或复制
如有严重质量问题，请与承印厂质量科联系。T：0571-88219183